虎皇帝の甘蜜花嫁

真崎ひかる

19995

角川ルビー文庫

目次

口絵・本文イラスト／鈴倉　温

見る者を、妖艶《ようえん》に誘惑《ゆうわく》するかのように色鮮《いろあざ》やかな紅《くれない》の実は、猛毒《もうどく》を孕《はら》んでいる。

熟《う》れた色に惑《まど》わされて口にしようものなら、たちまち身を侵《おか》されて一昼夜のうちに冥界《めいかい》へと旅立つことになる。

猛毒を甘蜜《あまみつ》の美酒へと変化させられるのは、脈々と受け継《つ》がれる高貴な血族のみ。

「それが、なんていったかな……よく聞き取れなかったけど、その国の皇族だけなんだと。猛毒を無毒化できる特異体質って語り継がれるのには、それだけじゃない理由があって……」

高貴な血脈を継ぐ皇族は、類稀《たぐいまれ》な美貌《びぼう》と卓越《たくえつ》した身体能力で以《もっ》て国を統治し、民《たみ》の敬愛を受けている。

建国以来、ただの一度も他国の侵攻《しんこう》を許していない不可侵の聖地だ。

潤沢《じゅんたく》な湧《わ》き水と肥沃《ひよく》な土地は、国民を余すことなく満たすに充分《じゅうぶん》な恵《めぐ》みをもたらし、特有の希少鉱石の加工品や薬草は周辺国家との貿易に重宝される。

なによりも、代々統治する皇帝《こうてい》の特異性が他国の侵略から国土を護《まも》り続けていた。

大勢の兵を引き連れて侵攻を企《たくら》んだ他国の王は、ことごとく戦意喪失《そうしつ》して命からがら自国に逃《に》げ帰り……以後、占領《せんりょう》しようという考えを捨てるという。

彼らの前に立ちふさがったものは、武器を構えた多くの兵や巧妙《こうみょう》に張り巡《めぐ》らされた罠《わな》ではなく、黄金の毛に包まれた獰猛《どうもう》な獣《けもの》らしい。

　小山ほどもあろうかという巨体《きょたい》だったとか……紅蓮《ぐれん》の炎《ほのお》を纏《まと》う幻獣《げんじゅう》だとか、三十センチもの鋭《するど》い牙《きば》を携《たずさ》えているだとか。

　恐怖《きょうふ》が記憶《きおく》を混乱させるのか、見る者によって異なる姿を証言し、実際のところは誰《だれ》も知らない。

　謎《なぞ》に包まれた、神秘の守護者が護る地。皇帝の始祖は聖なる金色の虎《とら》だと、実《まこと》しやかな伝説が語り継がれている由縁《ゆえん》だ。

「そんな、おとぎ話っていうか……ファンタジーゲームの設定みたいな脅《おど》し文句で、ビビらないからな」

　訥々《とつとつ》と語っていた叔父《おじ》が言葉を切り、礼渡《あやと》は「金色の虎ぁ？」と首を捻《ひね》る。

　テレビや動物園で目にする虎も、光の加減で金色の毛をしているように見えなくはない。金毛の虎など、単に目の錯覚《さっかく》ではないだろうか。

　しかも、それが人に化けて皇帝になったなんて……。

「おまえをビビらせることを目的にした、作り話じゃないぞ。そういう国っつーか、少数民族が暮らす自治区がある、ってガイドが語ったんだ。農作物が育ち、清潔な水が湧く、楽園のような伝説の土地だと。密林の奥地で簡単に辿《たど》り着けないから、そんなふうに語られているのかもなぁ」

「ふーん……でも金色の虎が本当にいたら、ちょっと見てみたいかも」

　ふふっと笑った礼渡に、雑談を持ち出した叔父は鹿爪《しかつめ》らしい顔で「密林に不可侵の領域があるのは事実だぞ」と釘《くぎ》を刺《さ》す。

「数は少ないが、ゴールデンタビータイガーって虎は実在する。ベンガルトラの劣性《れっせい》遺伝による変種で、金っていうか……オレンジ色っぽい体毛だけどな。あと、このあたりの地域に、絶滅《ぜつめつ》したはずの野生の虎が棲息《せいそく》するっていうのも実しやかな噂《うわさ》だ。実際に遭遇《そうぐう》したことがあるって人もいるし、過去には大型猛獣の噛《か》み傷による死傷者も出ている。ただ、証拠《しょうこ》となる写真や映像がないから、なんともなぁ」

「あー……でもまぁ、なにが出てきても不思議じゃない雰囲気《ふんいき》かも。二十一世紀の地球とは思えないくらいの、超《ちょう》秘境。映画の世界って感じ」

　答えた直後、トレッキングシューズの底が拳《こぶし》ほどの石を踏《ふ》みつけて、「おっと」とバランスを崩《くず》しかけた。

　しゃべりながら山道を登っていたせいで、息が上がっている。

　足を止めた礼渡は、叔父が「このあたり」と口にした周囲を見回して、大きなため息をついた。

「その、希少種の花だか草だかが生えてるところって……まだ？」

「もう少し奥地らしいなぁ。この時季に、それも雨上がりの夕方にしか咲《さ》かないらしいから、二、三日待機してシャッターチャンスを狙《ねら》うしかないな」

「……待機。野宿っていうか……サバイバルだよな」

苦笑《くしょう》した礼渡に、叔父は「キャンプだと思えば楽しいぞ」と能天気な一言を口にして、先を行く現地ガイドの背を追う。

見渡《みわた》す限《かぎ》り、巨木《きょぼく》と背丈《せたけ》ほどもある草が鬱蒼《うっそう》と生《お》い茂《しげ》り……典型的な現代っ子の礼渡にとって、秘境としか表現しようのないジャングルだ。

都心に住み、自然といえば整備された公園くらいしか知らない礼渡から見れば、異世界にも等しい本物の自然美に溢《あふ》れる土地だった。

ほんの二日ほど前までは、コンクリートジャングルと呼ばれる大都会に身を置いていたのに……と思えば、現実感が乏《とぼ》しい。

拠点となる村を出てここまで歩いた数時間のあいだに、名前も知らない巨大な虫との遭遇は両手の指の数では数え切れないし、蛇《へび》やらの爬虫類《はちゅうるい》に両生類、トカゲらしき初めて目にするのも見かけた。正体不明の、鳥か動物の鳴き声も聞いた。

虎やらが徘徊《はいかい》しているかもしれないと言われても、「ああそうかもな」と納得《なっとく》してしまう雰囲気だ。

「金毛の虎の……皇帝、か」

未知のその姿は想像することもできなくて、懐《なつ》かしの映像特集で見たことのある虎のマスクを被《かぶ》ったプロレスラーを思い浮《う》かべてしまい、苦笑を滲《にじ》ませる。

猛毒を持つ巨大な蜂《はち》や、毒蛇よりは哺乳類《ほにゅうるい》の虎のほうがマシかもしれない。

実際に虎と遭遇してしまったら、恐怖しかないとは思うが……今はまだ、冗談《じょうだん》として笑っていられる。

「礼渡？　なに立ち止まってるんだ？　はぐれるなよ」

「わかってる。すぐ行く！」

数十メートル距離《きょり》の空いた叔父に振《ふ》り返って呼びかけられ、顔を上げて答える。小休憩《きゅうけい》は終わりだなと、額に滲む汗《あせ》を手の甲《こう》で拭《ぬぐ》って止めていた歩みを再開させた。

結構な苦労をして就職した会社は、俗《ぞく》にいうブラック企業《きぎょう》だった。

仕事に関することなら、学生気分の抜《ぬ》けないバカと叱責《しっせき》されようが雑用係として使いパシリをさせられようが、我慢《がまん》できた。新人の扱《あつか》いなどどこもそんなものだろうと、学生時代の友人たちと酒を飲みながら愚痴《ぐち》って終わりだ。

ただ、どうしても受け流せない一線というものがあって……それを越《こ》えた瞬間《しゅんかん》、堪忍袋《かんにんぶくろ》の緒《お》が切れた。

重役を殴《なぐ》り、辞表を叩《たた》きつけて退職したのは入社からわずか三カ月後のことだ。

かといって、実家住まいをいいことに両親に依存《いそん》するニートになったわけではない。アルバイトは選《よ》り取り見取りでそこそこ高給のものを選べたし、実家には会社勤めしていた時と同じ額の食費も入れていた。

ただ、窮屈《きゅうくつ》なスーツは着なくてもいいし、満員電車とも無縁《むえん》。ストレスのない日々は快適だなぁ……などと、のほほんとした毎日を過ごす礼渡は、端《はた》から見れば能天気かつ考えなしのバカモノに見えたかもしれない。

ある日突然《とつぜん》、母親がキレた。

「礼渡、そろそろ黙《だま》って見守るのも限界なんだけど。再就職活動は？」

リビングのソファに寝転《ねころ》がり、スマートフォンを弄《いじ》っている礼渡の視界が翳《かげ》る。

いつの間にか買い物から帰っていたらしく、ソファの脇《わき》に母親が立ってこちらを睨《にら》みつけていた。

「んー……とりあえず今は、バイトでも充分《じゅうぶん》だからなぁ」

答えながら、次のアルバイトはどれにしようかなぁ……とネット求人サイトを眺《なが》めている礼渡の視界を、母親の手が遮《さえぎ》る。

「話している時は、スマホをやめなさい。今は若いから、アルバイト生活でもいいかもしれないけど……十年後、二十年後は？　入社三ヵ月で、N商事をあっさり辞《や》めるなんて……ご近所の笑いものよ」

「だから、すげーブラック企業だったんだって」

「どうブラックなのか、きちんと説明もせずにそう言われてもねぇ。過剰《かじょう》残業があったわけでもないし、お休みもきちんとあって……新人が理不尽《りふじん》な雑用をさせられるのなんて、どこでも同じよ？」

これ見よがしに大きなため息をついた母親に、返す言葉を失った礼渡は黙り込み……いつものパターンを踏襲《とうしゅう》することになる。

どうブラックだったか？　あんな、みっともないことを言えるものか。

入社してすぐの頃《ころ》から、上司に隙《すき》あらば尻《しり》を撫《な》でられまくり……飲み会の席で限界が来て、殴って逃げただなんて。

その上司が同性で、会長の縁戚《えんせき》にあたる重役だったことが、「辞めてやる」と啖呵《たんか》を切って退職届を叩きつける最大の要因だった。

一応、礼渡も我慢していたのだ。もともと血の気の多い自分が、よくぞあそこまで耐《た》えたと思うほど。

宴席《えんせき》で酔《よ》ったヤツに膝《ひざ》に抱《だ》きかかえられ、遠慮《えんりょ》しつつ抵抗《ていこう》を繰《く》り返していた礼渡の無言のヘルプを、同席した同僚《どうりょう》や上司にこぞって見て見ぬふりをされたことで、「こりゃダメだ」と見限った。

重役のお気に入りであることを利用して、成り上がってやろうという野心でもあれば別かもしれないが、礼渡はそこまでの向上心を有していないのだから仕方がない。

「ともかく、あんな会社に骨を埋《うず》める気になれなかったんだ。変に思い詰《つ》めて、心身を病《や》むよりいいだろ」

「……あなたは、そんなに繊細《せんさい》じゃないと思うけど」

それは、確かにそうか。

実際に、元凶《げんきょう》を殴りつけて辞表を叩きつけたのだから、こんなにデリケートなのに……と弱い子ぶりっ子をして泣くふりもできない。

「まぁ、いいわ。辞めちゃった会社のことを今更《いまさら》グダグダ言っても、仕方ないし」

ひらりと手を振って「その話はヤメ。建設的な話をしましょ」と嘆息《たんそく》した母親を見上げた礼渡は、心の中で「相変わらず男前」とつぶやいて苦笑した。

口に出さなかったのは、「誰《だれ》が男ですって？」と角を生やした母親に、殴られる危機を回避《かいひ》するためだ。

……自分の性格は、間違《まちが》いなく母親譲《ゆず》りだと思う。

父親はもっと思慮《しりょ》深く、口数も少ない物静かなタイプなのだ。

母親と自分が終着点の見えない言い合いをしていると、いつも絶妙《ぜつみょう》なタイミングで割って入って水掛《みずか》け論《ろん》を収拾《しゅうしゅう》する。

その父親が不在なのに、延々とヒートアップしなかったのは珍《めずら》しい。

右手に持ったスマートフォンにチラリと目を向けた礼渡は、

「とりあえず、次のバイトを探すから」

そう逃《に》げを図《はか》ったけれど、母親の目的は昼日中にリビングのソファでゴロゴロする礼渡に、お小言を零《こぼ》すことではなかったらしい。

「それだけど……ひ弱い現代っ子の礼渡に、修行《しゅぎょう》の場を見つけてきてあげたわよ。せいぜい、こき使われてきなさい」

「はぁ？　なんだよ、それ。修行？」

思いがけない言葉に、転がっていたソファから身体《からだ》を起こす。そうして礼渡が反応したせいか、母親は満足そうな笑《え》みを浮かべて言葉を続けた。

「大貴《だいき》に、雑用として使ってくれるようにお願いしたの。バイト代が払《はら》えないかもって渋《しぶ》るから、ただ働きでもいいってことで、なんとか約束を取りつけてあげたから」

「大貴って、大《だい》ちゃん……？」

西本《にしもと》大貴は、母親の末弟《まってい》……礼渡にとって、叔父《おじ》にあたる人物の名前だ。礼渡とは年齢《ねんれい》が十歳しか違わないのもあり、感覚的には叔父というより兄に近い。

一昔前まではよく遊んでくれていたが、ここ数年はほとんど顔を合わせることもなくて……今は確か、植物専門のカメラマンとして世界中を飛び回っている。

その叔父に、修行……というか、雑用として使われるだと？

「ちょっと、待てよ。なに、勝手に決めて……」

「なにか文句ある？　あんた、昔っから大貴に懐《なつ》いてたでしょ。あ、バイト代はほとんど出せないかもしれないけど、代わりに食費や滞在費《たいざいひ》を含《ふく》む旅費雑費はアッチが負担してくれるんですって。雑用をさせられても、タダ同然で海外旅行ができるんだから悪い話じゃないと思うけど。どうせ、暇《ひま》でゴロゴロしているんだから」

「暇って、人聞きが悪いな。そろそろ、次のバイト先を見つけようと思ってたところなんだってば！」

最近の礼渡の定位置となっているソファをビシッと指差され、反論を試みたけれど……あまり説得力はなかったかもしれない。

恐《おそ》ろしい形相でジロリと睨みつけられて、声のトーンを落とす。

「つーか……海外って、ナニソレ」

「詳《くわ》しい話は、夕食に招待しているから大貴に直接聞いて。不肖《ふしょう》の息子《むすこ》の面倒《めんどう》を見てもらうための賄賂《わいろ》として、腕《うで》によりをかけてご馳走《ちそう》を並べるわ」

「……賄賂ってさぁ、胸を張って言えるものじゃないと思うけど。おれに説明するのが面倒になって、大ちゃんに押しつけようとしてるんだろ」

なにかとざっくりとした、母親らしい。

礼渡の指摘《してき》は的を射たものだったらしく、「問答無用」と腕組みをして睨み下ろされる。

「いいから礼渡は、部屋で荷造りでもしてなさいよ。出発は明後日《あさって》の朝らしいから、とろとろしてる時間はないわよ」

「…………」

あまりの横暴さに絶句した礼渡は、唖然《あぜん》と目を見開いて、忙《いそが》しそうにリビングを出て行く母親の背中を見送った。

出発は、明後日の朝だと？

それも、行き先は海外……海外の、どこだ？

有無《うむ》を言わさずという勢いでコトを進められてしまい、当事者のはずの礼渡は完全に置き去りにされている。

「おれが、パスポートを持ってなかったらどうする気だったんだ？」

そんな問題ではないと思うが、どうしても現実味が乏《とぼ》しくて、なんとも惚《とぼ》けた言葉しか出てこなかった。

□□□

「姉さんらしいよなぁ。久し振《ぶ》りに連絡《れんらく》してきたかと思えば、開口一番に『礼渡を鍛《きた》えて』とか言うから、なにかと思ったらさぁ」

ビールジョッキを片手に、「あははは！」と豪快《ごうかい》に笑う叔父は、やはり母親と血を分けた弟だと思う。

普通《ふつう》は、もっと不快感を示すだろうし、こんな面倒なことを引き受けないだろう。無職の甥《おい》が役に立つかどうかなどわからないのだから、とてつもなく大きな賭《か》けだ。

「大ちゃんさぁ、断ってくれてもいいよ。おれなんて、荷物持ちくらいしかできないだろうし。ちゃんとしたカメラなんか、触《さわ》ったことも見たことさえもないんだからさ」

礼渡にとってのカメラは、スマートフォンのアプリの一つだ。仕事としてカメラマンが使っているような本格的なものなど、間近で見たことさえない。

そうして「使えないから断れ」と誘導《ゆうどう》しようとしたことは、母親にはお見通しだったらしい。テーブルの下で、容赦《ようしゃ》なく脛《すね》を蹴《け》られる。

「イテェ！　蹴るなよ。凶暴《きょうぼう》だなっ」

底の厚い健康スリッパというヤツを愛用している母親の蹴りは、本気で痛いのだ。

苦情をぶつけた礼渡を母親はギロッと睨《にら》みつけて、叔父の手元にあるジョッキになみなみとビールを注《つ》ぐ。

ちなみにそれも母親曰《いわ》く『賄賂』の一種らしく、ビール瓶《びん》に貼《は》られているラベルは正月でもなければ目にすることのない高級なものだ。

「か弱い女性のキックが痛いだなんて、軟弱《なんじゃく》ねぇ。……という感じだから、遠慮なくこき使って鍛えてちょうだい。甘やかさないでよ」

「姉さん、アヤが涙目《なみだめ》になってるんだけど」

「……から揚《あ》げに、からしをつけすぎたんじゃないの？」

すっ惚けた母親の言葉に、隣《となり》からチラリと目配せをしてきた叔父の目は……「諦《あきら》めろ」と語っている。

母親の隣席《りんせき》にいる父親は、黙々《もくもく》とマイペースで箸《はし》を動かしていて、申し訳ないがまったく頼《たよ》りにならない。

この場にいる誰もが母親に逆らえないのだと悟《さと》り、「うぅ」と唸《うな》った礼渡は、テーブルの端《はし》にあるビール瓶を鷲掴《わしづか》みにした。

「あっ、コラ礼渡！　それは大貴の。あんたは発泡酒《はっぽうしゅ》！」

「……手遅《ておく》れ。もう飲んだし」

行儀悪《ぎょうぎわる》く瓶の口を銜《くわ》えてラッパ飲みした礼渡は、母親に向かってわざと憎《にく》たらしい仕草で舌を突《つ》き出す。

口では勝てない。悔《くや》しいが、完全な負けだ。普段《ふだん》は無縁《むえん》の高級ビールを飲みでもしないと、やっていられない。

礼渡と母親のやり取りを見ていた叔父が、「ぶはっ」と噴《ふ》き出して頭に手を置いてきた。

「ははは、おまえ昔っから変わってねぇな。憶《おぼ》えてるか？　小学生の頃《ころ》、コップ一杯《いっぱい》だけって言われていたサイダーを、コッソリとラッパ飲みして……腹を壊《こわ》したんだよな」

「大ちゃん。おれ、もう二十二だよ。腹壊したりしないし」

「ああそっか。ビールも飲めるお年頃《としごろ》か。俺も年を食うわけだ」

グリグリと頭を撫《な》で回す手から逃げると、今度は背中を叩《たた》かれる。こうして顔を合わせたのは二年ぶりくらいだけれど、叔父こそ全然変わっていない。

「そうよ、大貴。あなたもいい加減、お嫁《よめ》さんをもらって落ち着く歳になってるんだから……」

「おっと、藪蛇《やぶへび》だった」

気まずそうに首を竦《すく》ませた叔父には申し訳ないが、自分のことから話題が逸《そ》れるのは歓迎《かんげい》だ。

この隙《すき》にガッツリ食ってやれ、と手羽元のから揚げに齧《かじ》りつく。

コリコリ軟骨《なんこつ》を噛《か》み砕《くだ》いていると、唐突《とうとつ》に隣の叔父に腕を掴《つか》まれた。

「あー……俺、アヤと二人で打ち合わせするから。一皿、もらってく。ほら行くぞ、アヤ」

「うえ？　あ、ああ」

右手で礼渡の腕を掴み、左手にはちゃっかりと大皿を持った叔父に急《せ》かされて、食卓《しょくたく》を後にする。

言い足りなかったのか、不満そうに「もう、大貫ってば」と零《こぼ》す母親の声が聞こえてきたけれど、逃げたくなる叔父の気持ちは嫌《いや》というほどわかるので、大人しく『この場を離《はな》れる理由』になることにした。

ご馳走に未練はあるが、叔父が一皿持ち出してくれたのでよしとしよう。ついでに、テーブル脇《わき》を通り抜《ぬ》ける際に瓶ビールを手に持ったことを、褒《ほ》めてもらおう。


礼渡の部屋に移動すると、叔父は遠慮《えんりょ》なく毛足の短いフロアーラグに大皿を置いて座り込む。その脇に隠《かく》し持っていたビール瓶を置いて、礼渡も腰《こし》を下ろした。

「なんか、母さんの勢いに負けてほとんど聞けてないんだけど……海外って、どこ？　大ちゃんって、植物のカメラマンなんだよね？」

「んー……ざっくり言えば、中央アジア。辺鄙《へんぴ》な山奥に、この時季にだけ開花する変わった花があるらしいから、そいつを撮影《さつえい》するのが目的だ。まずキルギスを目指して、現地ガイドと合流する。あとはカザフスタンとの国境に向かっての山歩きが中心になるだろうから、靴《くつ》はしっかりしたものを履《は》いて……って、おまえトレッキングシューズ持ってるか？　登山用のザックやマウンテンパーカとか……靴下も専用の物がいいんだが」

チラッと横目で礼渡を見遣《みや》った叔父《おじ》に、力なく首を横に振《ふ》った。

トレッキングシューズとか、登山用ザックとか、マウンテンパーカ？

礼渡の日常には、無縁のものだ。

バイオマスについて学んでいた学生時代は、バイオマスエタノールに関するフィールドワークの一環《いっかん》で国内外の農場を駆《か》け回ったりもしたが、山歩きは別物だろう。

「そんなの、ない」

その返答は予想がついていたものだったのか、叔父は「だよな」と苦笑《くしょう》してジーンズのポケットからスマートフォンを取り出した。

「……明日、買い出しだな。馴染《なじ》みのショップがあるから、サイズや身体《からだ》に合うものを見繕《みつくろ》って、簡単に調整してもらうか。どれくらいディスカウントしてくれるかなぁ。経費で落とすとして……」

叔父は難しい顔でブツブツ言いながら、スマートフォンに指先を滑《すべ》らせている。もしかして、それも『旅費雑費』に計上してくれるつもりだろうか。

さすがに申し訳ないと思い、「あのさ」と右手を挙げながら、おずおず口を開いた。

「おれ、自分のものは払《はら》うよ。ただでさえ、役立たずっていうか足手纏《あしでまと》いを押しつけられて迷惑《めいわく》だろうし。母さん、本っ当に強引《ごういん》だよなぁ」

「しっかり雑用をこなしてもらう予定だから、おまえは気にしなくていい。姉さんが強引なのは……三十二年のつき合いで、嫌ってくらい知ってるからな」

そうか。そうだった。二十二年しかつき合っていない礼渡より、三十年以上のつき合いである姉弟《きょうだい》の叔父のほうが、母親のことは熟知しているか。

「じゃ、遠慮なく……ありがと。えーと、とりあえずビールでも……あ、栓抜《せんぬ》きがない」

せめてビールで労《ねぎら》おうとしたが、肝心《かんじん》の栓抜きを忘れてきてしまった。最後の詰《つ》めが甘い自分に、「ごめん」とガックリ肩《かた》を落とす。

「なに？　栓抜き？　缶詰《かんづめ》は厳しいけど、ビールくらいなら……」

ガシッとビール瓶を掴んだ叔父は、躊躇《ためら》うことなく栓の部分に齧りついて……ガキッという鈍《にぶ》い音と共に、栓を開けてしまった。

プッと吐《は》き出された王冠《おうかん》に、礼渡は無言で目を瞠《みは》る。

あまりにもワイルドな荒技《あらわざ》を目の当《ま》たりにしてしまい、呆気《あっけ》に取られるあまり「すげー」と手を叩くこともできない。

重い機材を担《かつ》いで、国内外の野山を駆け回っている叔父が母親曰く『野生児』だということは知っていたつもりだけれど、歯を栓抜きにするなど高度な宴会《えんかい》芸みたいだ。

「目、真ん丸だぞ。そんなにビックリすることか？」

「ビックリ……するだろ」

「これっくらい、普通だぞ。辺境の地に行ったら、もっといろいろスゴイからなぁ。現代の日本人は甘っちょろい」

どこが普通だ？　なにが、どうスゴイのか……聞かないほうが精神衛生のためにはいいかもしれない。

「安心しろ。おまえにも歯で栓を抜けとは言わん。コツがあるんだ。下手《へた》したら、歯が折れて流血沙汰《ざた》だ」

「はは、それはヨカッタ……」

肘《ひじ》まで捲《まく》り上げたシャツから伸《の》びる叔父の腕《うで》は、礼渡とは比べ物にならない筋肉に覆《おお》われている。

肩幅《かたはば》も広く、胸板《むないた》も厚くて……自ら鍛《きた》えているというより、環境《かんきょう》に鍛えられているのだろうと想像がつく。

約十センチの身長差以上に、体格の違《ちが》いが大きい。叔父の目には、礼渡などさぞ頼りなく見えることだろう。

荷物運び……も、できないのでは。どう考えても、役に立てる自信が全然ない。

役立たずどころではなく、足手纏いになるだけだという懸念《けねん》が現実味を帯びる一方だ。

「本っ当に、おれを連れて行く気？　なんにもできないと思う……」

「んー、それは実際に行ってみなきゃわからんだろ。ちょうど助手が独立して、人手が足りなくなったところだったんだ。今回は短期間だし、まぁ……役に立たなきゃならんとか気負わず、気分転換《てんかん》にでもなればいいんじゃないか？」

クシャッと髪《かみ》を撫でられる。

入社したばかりの会社を早々に辞《や》めたこと……その理由も、礼渡からは一言も語っていない。

けれど、母親からなにか聞いているのだろうか。

微笑《びしょう》を滲《にじ》ませている精悍《せいかん》な顔からは、思惑《おもわく》を読み取ることができなくて、グッと奥歯を噛んだ。

「大ちゃん、おれ、やる前から役に立たないとか言わないで…………できる限り、頑張《がんば》ることにした。だから、こき使ってください」

「おお、ほどほどに期待してるぞ」

不安はたっぷりあるけれど、心身共に豪快《ごうかい》なこの叔父と一緒《いっしょ》にいれば、まぁ……大丈夫《だいじょうぶ》だろう。

《二》

「あっっ！」

空の青に、密林の緑に、崖肌《がけはだ》の茶色と岩の灰色。

様々な色を映しながら、視界がグルグルと回ったのは……きっと、数十秒だった。けれどその数十秒は、礼渡にとって時が止まったかのようであり……逆に加速度をつけて猛《もう》スピードで過ぎたようでもある、不思議な時空だった。

衝撃《しょうげき》を身に受けた瞬間《しゅんかん》、世界が音を失い、閉じた瞼《まぶた》の裏に閃光《せんこう》のような瞬《また》きが走る。

「い、イテテ……生きて、る？」

ゆっくり腕を上げると、身体の下でパキパキと小枝の折れるような音が聞こえた。

恐《おそ》る恐る目を開いた礼渡の視界に飛び込んできたのは、緑色のクッション……ではなく、たっぷりと葉を茂《しげ》らせた木の枝だった。太い枝と、そこから伸びる小枝に茂る団扇《うちわ》のような立派な葉は、日本の公園などではまずお目にかかれないものだ。

礼渡の腕ほども太さのある枝を、目につくだけでも三本下敷《したじ》きにしている。折れた部分は白く瑞々《みずみず》しく、生傷のように痛々しい。

「これのおかげで。命拾いしたんだな。ごめん。……助かりました。ありがとう」

目を閉じて折れた枝に合掌《がっしょう》すると、頭上を仰《あお》いだ。

急こう配……崖と呼ぶほうが相応《ふさわ》しい風格の斜面《しゃめん》には、荒々《あらあら》しい灰色の岩が突《つ》き出している部分と、張りつくようにして木が生えている部分とがある。

うっかり足を滑らせて、この頂上から転がり落ちたのかと思えば、ゾッと背筋を悪寒《おかん》が這《は》い上がり……、

「上手《うま》く岩を避《よ》けて、土のところを転がった上に、木にぶつかりながら勢いを殺して……落ちたのが、おれの背丈《せたけ》より育った草の上か」

見事に重なった数々の幸運に、改めて感謝した。

上半身を起こして全身を検分してみたけれど、擦《す》り傷や打撲《だぼく》程度で大きな怪我《けが》はなさそうだ。肩を回し、膝《ひざ》から下をブラブラさせても痛みはなく、骨が折れたり筋を痛めたりしていそうな気配はない。

ここで、一生分の幸運を使い果たしてしまったのではないだろうか。

「うー……でも、荷物が行方《ゆくえ》知れずだな」

背負っていたザックは、手元になく……周辺を見回しても、目につかない。身に着けていたスマートフォンも、帽子《ぼうし》と右のトレッキングシューズもなくなっている。

ため息をつきそうになった自分の頬《ほお》を両手で叩《たた》き、

「今は、命があるだけでラッキーだろ」

そう、改めて言い聞かせる。

とりあえず、荷物を捜《さが》さなければ……と立ち上がり、目の前に立ち塞《ふさ》がる巨大《きょだい》な草を両手で掻《か》き分けた。

「スマホが見つかったら、大ちゃんに連絡《れんらく》できるし……ザックがあれば、何日かのサバイバルも可能……っと」

それほど遠くまで、飛んで行ったわけではないだろう。せいぜい、数メートル……半径十メートル以内にあるはずだ。

すぐに見つかる……と高を括《くく》って持ち物を捜し始めた礼渡だったが、深い草を掻き分けながら捜索範囲《そうさくはんい》を広げているうちに、焦《あせ》りが込み上げてくる。

「なんで、見つかんないんだよっ。ザックやスマホも、おれと一緒に落ちたんだから……このあたりのはずだろ」

焦燥感《しょうそうかん》に背中を押され、草を掻き分ける手つきが荒《あら》くなる。

八つ当たりも含《ふく》めて太い草を摑《つか》んで引き抜《ぬ》こうとしても、地中に深く根を張っているのか礼渡の力ではビクともしない。

「こんな秘境で一人サバイバルとか……絶対に無理！　頼《たの》むから、ザックかスマホ……どっちかだけでも出て来い」

祈《いの》りを込めた独り言を零《こぼ》しながら捜索《そうさく》を続けても、礼渡を嘲笑《あざわら》うかのように帽子や靴《くつ》さえ見つからない。

叔父《おじ》はとっくに、礼渡がいないことに気づいているはずだ。ガイドと一緒に、捜してくれていると思う。

「スマホ、壊《こわ》れてなかったらGPSで居場所がわかるだろうし……」

ただし、自分が身に着けていなければ追跡《ついせき》機能など無意味だ。

頼むから出てきてくれ……と、心の中で繰《く》り返しながら必死で捜しても、やはり見つからない。

「おれのアホー！　なんであの時、ちょっと待って、って声をかけなかったんだろ」

靴紐《くつひも》が解《ほど》け、運悪く足元にあった岩の隙間《すきま》に引っかかって手間取り……なんとか靴紐を締《し》め直して顔を上げると、ガイドと叔父の姿は見えなくなっていた。

どうせ一本道だろうと、山中に延びる小道を早足で歩いて追いかけた……つもりだったが、一向に彼らに追いつけなかった。しかも、気づかないうちに脇道《わきみち》に入り込んでしまったのか、崖の上に出てしまったのだ。

そこでようやく、はぐれた時点で連絡するべきだったと己《おのれ》の判断の誤りに気がついた。

スマートフォンを取り出しながら踵《きびす》を返そうとしたところで、石に付着していた苔《こけ》を踏《ふ》んだトレッキングシューズの底が滑《すべ》って、バランスを崩《くず》したのだ。

体勢を立て直そうと手を振《ふ》り回し、「ヤバい」と思った時には、崖の上から身体《からだ》が投げ出されていた。

見渡《みわた》す限《かぎ》り深緑の草木が生《お》い茂る崖下に向かって、転げ落ちた結果が……この状況《じょうきょう》だ。

「どうすんだよ。着の身着のままで、サバイバルとか……無理」

しかも、トレッキングシューズは片方しか履《は》いていない。この装備で、長距離《ちょうきょり》を移動できるとは思えない。

崖のすぐ下にいるので、視界はまだ明るいが、木々が生い茂る方を見ると薄暗《うすぐら》く……日没《にちぼつ》になれば、完全な闇《やみ》に包まれるだろう。

日中でも、正体不明の鳥や動物の鳴き声があちこちから聞こえ、初めて目にする虫がウョウヨしているのだ。

夜になったら、夜行性の生き物たちが活動を始めるに違いない。

そこまで考えたところでコクンと唾《つば》を飲み、喉《のど》の痛みに眉《まゆ》を顰《ひそ》めた。

「喉、渇《かわ》いた……な」

渇きを癒《いや》してくれる水のボトルは……ザックのポケットだ。

自分がどうすればいいのか、このまま一人でいたらどうなるのか、想像もできない。

不安ばかりが押し寄せてきて、パニックにならないよう自制するので精いっぱいだった。

ドクドクと激しく脈打つ心臓の音を聞きながら、グルリと周囲を見回した礼渡は、ふと違和《いわ》感《かん》に気がついた。

「あそこ……草がない？」

崖を背にし、密林へと続く方向なのでこれまで注意して見ることがなかったけれど……ちょうど人が一人通れそうな幅《はば》で、草のない部分がある。

恐る恐る近づき、よく見てみると、草の根元から左右になぎ倒《たお》されて踏み固められているようだ。

それも、一度や二度、通っただけではなさそうだった。意図的に道を作ってあるようにしか見えない。

誰《だれ》が、なんの目的で？

「人が……いるのか？　近くに集落がある？」

小道が延びているのは、鬱蒼《うっそう》とした密林の奥だ。振り向いて崖を仰ぎ見、密林へと顔を戻《もど》して……このまま崖のところに留《とど》まるのと、誰かがいる可能性にかけて小道を進むのと、どちらが正解か思いを巡《めぐ》らせる。

数時間もすれば、夜闇に包まれる。それまでに叔父が捜し出してくれる可能性は、そう高いと思えない。

「こ、怖《こわ》っ」

火を起こす術《すべ》もないのだ。真っ暗な夜の密林に、ポツンと一人……と考えただけで、ザッと腕《うで》に鳥肌が立った。

ここで野宿するより、近くに人が住む集落があるほうに賭《か》けたほうがいい。

「少し行って、ダメそうなら……ここに戻ってきたらいいし」

そうしよう、と決めて右足を踏み出した。

底が何重にも補強されている分厚い靴下《くつした》が幸いしてか、草のクッションのおかげか、トレッキングシューズがなくても歩けないことはなさそうだ。

周囲を警戒《けいかい》しながら、細い小道を慎重《しんちょう》に歩く。頭上を大木の枝葉が覆《おお》うと、途端《とたん》に視界が薄暗くなった。

しばらく進んで振り返ると、自分が落ちた崖のところがトンネルの出口のように光の点になっている。

でも、まだ人のいる集落らしきものには辿《たど》り着かない。近くに誰かの気配さえない。

「もうちょっとだけ、行ってみよう。真っ直《す》ぐの一本道で、枝分かれしてもないし……ダメなら、すぐに戻れる」

足元に横たわる倒木《とうぼく》を乗り越《こ》え、顔の前を遮《さえぎ》る蔓《つる》を引き千切り……腰《こし》まで丈《たけ》のある草を揺《ゆ》らしながら、歩を進める。

少しずつ藪が深くなり、草が倒されて踏み固められていた小道が判別できなくなってきた。そろそろ引き返すべきか、迷いが生じたところで、

「……あ、れ？　行き止まり……じゃないな」

礼渡の目の前に、緑の壁《かべ》が立ち塞がった。

行き止まりかと眉を顰めたけれど……太い木の枝から、暖簾《のれん》のように蔓が垂れ下がっているだけのようだ。その蔓が礼渡の手よりも大きな葉を纏《まと》わせているせいで、視界が遮られているのだ。

背を屈《かが》め、行く手を遮る緑の暖簾を両手で左右に割った途端、視界が白く霞《かす》む。

「っ、眩《まぶ》し……」

頭上から降り注ぐ太陽光の眩しさに目をしばたたかせて、手の甲《こう》で目元を擦《こす》った。

改めて瞼《まぶた》を押し開いた礼渡は、ポカンと目を瞠《みは》る。目だけでなく、口も開いてしまうほど驚《おどろ》きの光景が広がっていた。

これまで歩き続けていた密林とは、明らかに様相が異なる。突如《とつじょ》、別世界に来てしまったみたいだ。

「なに……ここ」

さほど広くはない。バスケットコートの半面くらいの面積だろうか。綺麗《きれい》に草が刈《か》り取られ、小さな赤い実をつけた樹木が三本並んでいる。

柵《さく》で囲われたりしているわけではないが、明らかに人間の手で整えられている場所だ。

周囲を見回しても、人の姿はない。でも、丁寧《ていねい》に世話をされている雰囲気《ふんいき》なので、近いうちに手入れをするため誰かが来るかもしれない。

助かりそう……か？

そう希望が湧《わ》いた途端、忘れかけていた喉の渇きが急激に襲《おそ》ってきた。

「木苺《きいちご》……？」

礼渡の胸元《むなもと》くらいの高さの樹木には、見るからに甘そうな熟《う》れた果実が鈴《すず》なりに生《な》っていた。

勝手に採ってはダメだと、頭ではわかっている。でも、一つ……二つくらいなら、緊急事態《きんきゅうじたい》だったと許してもらえないだろうか。

瑞々《みずみず》しく、甘そうな真っ赤な実にフラフラと手を伸《の》ばし……心の中で「ごめんなさい」と唱えながら、一つ指先で摘《つ》まんだ。

親指の、第一関節から先くらいの大きさだった。やはり、ベリー類……礼渡が知っているものので一番近いのは、ラズベリーだ。

いくら赤い実が美味《おい》しそうな見かけで、どれだけ喉が渇いていても、ジャングルの中で遭遇《そうぐう》していたら口にしようなどと思わなかった。

叔父にも、口を酸《す》っぱくして『昆虫《こんちゅう》や生き物はもちろん、草や木の実といった野生のものに触《さわ》るな』と言い含《ふく》められている。

でもこれは、危険そうには見えない。

「栽培《さいばい》されてるものだから、食べられる……よな」

食用でなければ、これほどきちんと手入れがされていないだろう。匂《にお》いを嗅《か》いでも、特に変わった感じはしないし……。

艶《つや》やかな紅色に誘《さそ》われるように、恐《おそ》る恐る口元に運ぶ。

思い切って半分くらいのところを齧《かじ》ると、ポリッとした種子の食感と共に甘酸っぱい果汁《かじゅう》が舌の上に広がった。

「酸っぱ……けど、美味し……」

小さな実だ。一粒《ひとつぶ》の果汁の量は多くない。

普段《ふだん》なら、酸っぱくて好んで食そうと思わない果実だが、今の礼渡には極上《ごくじょう》の甘露《かんろ》のようだった。

「もう一つ……あと二つだけ」

一つ、二つ……次々と手を伸ばして、ぷちぷちした食感と酸味を味わう。

カラカラになった喉の渇きを癒すには、ささやかすぎる果実だ。それでも酸味が唾液腺《だえきせん》を刺《し》激《げき》するのか、口腔《こうこう》がじわっと潤《うるお》う。

そうして、夢中になって紅《あか》い実を貪《むさぼ》っていると……。

「……××△！」

「っ、え……？　あ！」

明らかに人の声が耳に入り、弾《はじ》かれたように振り向いた。

礼渡の目に、歴史の教科書で見たことのある貫頭衣《かんとうい》のような、簡素な作りの服を身に着けた人の姿が映る。

少し日に焼けた肌《はだ》と黒髪《くろかみ》といった外見の特徴《とくちょう》は、この地域の住人だろうと推測できる。キルギスの人と日本人はよく似ていると出発前に叔父《おじ》から聞いていた通り、空港で落ち合ったガイドも親しみを覚える外見だった。

編み込んだ髪は長く、身体《からだ》つきからしても女性ばかり三人だ。全員が、桶《おけ》のようなものを抱《かか》えている。

今の礼渡にとって、後光が差して見えるほどの救世主、いや女神《めがみ》だった。

「助かっ……た？」

ドッと安堵《あんど》が込み上げてきて全身の力が抜《ぬ》け、指先で摘まんでいた紅《くれない》の実が地面に落ちる。

駆《か》け寄ってきた女性たちは、水がたっぷり入っている桶を地面に置いて、礼渡の足元に落ちた紅い実を指差し……なにやら言い合っている。

なんだ？　言葉がわからないので、なにをそれほど慌《あわ》てているのか理解できない。チラチラこちらに目を向けてくるので、礼渡と紅い実が関係しているとは思うのだが。

もしかして、食べてはいけない大切なものだったのだろうか。

「あの……」

礼渡が一言発すると、吸い寄せられるかのように全員の視線が集まってきて、ビクッと肩《かた》を強張《こわば》らせた。

鋭《するど》い目は、不審《ふしん》者を見るものだ。

それも、当然と言えば当然かもしれない。今の礼渡は、不法侵入《しんにゅう》した異国の怪《あや》しい男で……しかも、果実泥棒《どろぼう》なのだから。

「Sorry!」

礼渡が一声漏《も》らしただけで、女性たちの目つきが更《さら》に鋭くなった。

一番年嵩《としかさ》だと思われる、初老の女性に足元の果実を指差しながら詰《つ》め寄られても、なにを言われているのかわからない。

「あー……Do you speak English?」

なんとか事情を説明したいが……英語は通じなそうだ。国境地帯を歩いていたはずだけれど、まだキルギスを出てはいないと思うので、公用語であるロシア語……か、キルギス語だろうか？

どの言葉なら意思疎通《そつう》が図《はか》れるのか迷いつつ、

「……！　……」

ひとまず、習ったばかりのキルギス語とロシア語で「ごめんなさい」を伝えても、まったく通じている様子はない。

「……××、×△！」

挙げ句、礼渡には理解できない言葉で一方的に捲《まく》し立てられて、ジリジリと後退《あとずさ》りする。

ガシッと腕《うで》を摑《つか》まれ、食い込む指の強さに瞠目《どうもく》した。背丈《せたけ》は礼渡の胸元位しかないのに、予想外に力が強い。

「な、なに？　すみません。ごめんなさいっ。喉《のど》が渇《かわ》いて……っ」

抗《あらが》おうとしても、礼渡の抵抗《ていこう》など些細《ささい》なものとばかりに三人の女性に取り囲まれて引きずられ……紅い実のなる樹木を背に、行き先もわからず連行された。

これから……どうなるのだろう。

ひんやりとした石の床《ゆか》に座り込んだ礼渡は、うつむいて左足だけに残されたトレッキングシューズを見詰《みつ》めた。

礼渡がいるのは、密林の奥にあるとは思えないほど立派な石造りの建物……というより、宮《きゅう》殿《でん》と呼ぶほうが相応《ふさわ》しい建造物の一角だ。太い石柱の彫刻《ちょうこく》は見事で、世界遺産を紹介《しょうかい》する特集などに出てきてもおかしくない。

この建物を見るだけで、密林に暮らす原住民という言葉の雰囲気からは予想もつかないほど文明的な生活をしていると、推測できる。

見張りなのか、槍《やり》のような武器を手にした屈強《くっきょう》な体軀《たいく》の男に挟《はさ》まれている状況《じょうきょう》では、あまりジロジロと周囲を観察できない。

なんのために、連れてこられたのか。これからどうなるのか。

不安は尽《つ》きないけれど、問答無用で投獄《とうごく》されるとか、直ちに身に危害を加えられる雰囲気ではないのが幸いだ。

密林を一人でうろついて、猛獣《もうじゅう》や毒虫と遭遇する危険と比べれば、言葉は通じなくても相手が人間なだけマシ……なはず。

「……おまえが、『皇帝《こうてい》の実』を盗《ぬす》み食いしたという不届きものか」

「えっ？」

うつむいて足元を睨《にら》みつけていた礼渡は、理解できる言葉が突如《とつじょ》耳に流れ込んできたことに驚《おどろ》いて、パッと顔を上げた。

礼渡の前、二メートルほどのところに立ってこちらを見下ろしているのは、背中の中ほどまである長い銀色の髪に褐色《かっしょく》の肌の……若い男だ。

礼渡をここまで連行した女性たちから報告を受けたのか、斜《なな》め後ろに見覚えのある初老の女性を従えている。

果実の樹木のところで逢《あ》った女性たちの簡素な貫頭衣とは違《ちが》い、袖口《そでぐち》や裾《すそ》に青い糸で刺繍《ししゅう》の施《ほどこ》された白い布のローブに植物の皮か蔓《つる》で編まれたベルトを腰《こし》に巻いているので、身分の高い人なのかもしれない。

こうして見る限り礼渡と同じくらいの年齢《ねんれい》だと思うけれど、妙《みょう》な風格が漂《ただよ》っている。

黒髪と黒い瞳《ひとみ》の他《ほか》の人たちとは違い、銀色の長髪《ちょうはつ》や緑色の瞳ということは、きっと外国の血が流れているのだろう。

さっき耳にしたのは、英語だったように思うけれど、気のせいだろうか。

どんな態度を取るべきか迷っていると、男が不快そうに眉《まゆ》を顰《ひそ》めて再び口を開いた。

「聞こえたなら答えろ。あの実を口にしたのは、確かなのか？」

やっぱり！　これは、間違いなく英語だ。言葉が通じる？

正面に立つ男と目を合わせた礼渡は、震《ふる》えそうになる唇《くちびる》を開いてひとまず「Sorry」とつぶやいた。

「密林をさ迷って、喉が渇いて……つい。食べてはいけないものだったら、謝ります。それほど大切なものだと、知らなかったんです。ここは……どこですか？」

きょろきょろと視線を巡《めぐ》らせながら尋《たず》ねた礼渡に、銀髪の男は落ち着いた声で短く返してきた。

「ここはアルカスの宮殿だ」

「アルカス……？」

初めて耳にする国名だ。正式な国家というより、少数民族が暮らす自治区のようなものなのかもしれない。

不可解なことは多々あるけれど、今は、この国に対する疑問を晴らすよりも叔父《おじ》と連絡《れんらく》を取ることを最優先したい。

「おれは、日本から来て……この人たちに危害を加えるつもりは、まったくありませんから警戒《けいかい》しないでください。武器を持っていないことは、見てわかりますよね？　それよりっ、通信手段があるなら、はぐれた人に連絡を取りたいんです！」

頭に思い浮《う》かぶまま、急《せ》いた気分で次々と話しかける礼渡に、彼は鬱陶《うっとう》しそうな顔をしている。

迷惑《めいわく》がられていることは伝わってくるけれど、引き下がる気はない。

ここまで礼渡を連れてきた女性たちだけでなく、険しい表情で礼渡を監視《かんし》している二人の男性とも意思疎通は図れなくて……言葉が通じる人に、初めて逢ったのだ。

なんとか窮状《きゅうじょう》をわかってもらって、叔父に連絡をつけなければ。

「実を勝手に食べてしまったことのお詫《わ》びと、密林からここに連れてきてくれたお礼は……できる限りします。だからっ」

「ああ、わかったわかった。落ち着け。まず、確かめたいことがある。おまえが口にしたものは……これだな？」

礼渡の訴《うった》えにうるさそうに頭を振《ふ》った男は、やはり流暢《りゅうちょう》な英語を操《あやつ》る。礼渡の言葉を遮《さえぎ》ると、目の前に白い包みを載《の》せた右手を差し出してきた。

そっと開かれた白い布の真ん中には、小さな紅《あか》い実が三つ並んでいた。

「あ、そう……です」

「今一度、この場で食してみろ」

「は……い？」

意外な求めに、礼渡は露骨《ろこつ》に怪訝《けげん》そうな顔をしたはずだ。けれど、礼渡がどう思おうが知ったことではないとばかりにズイッと鼻先に手を突《つ》きつけられて、おずおずと紅い実を指先で摘《つ》まむ。

なんだろう？　これを自分が食べることに、なんの意味がある……？

言われるまま口にするべきか迷っていると、金属製の盃《さかずき》を持った男が近づいてきた。銀髪の男になにやら耳打ちをして、その盃を手渡《てわた》す。

銀色の盃は、日本酒を飲むのに使うお猪口《ちょこ》の平均的なサイズより、二回り大きいくらいだろうか。

濁《にご》りなくキラキラ光を弾《はじ》き、丁寧《ていねい》に磨《みが》かれていることがわかる。

「これは、その実から造った酒だ。喉の渇きを潤《うるお》す」

確かに……実と同じ紅い液体が、銀盃《ぎんぱい》の半ばまで注《つ》がれている。

銀盃の細い脚《あし》の部分を指で摘まみ、礼渡に向かって差し出してきたということは、飲め……という意味か？

銀髪の男は、手を出さない礼渡を急かすでもなく無言だ。ただ……緑色の目は視線を逸《そ》らすことがなく、逃《に》げを許さないと語っている。

「…………」

実は、一時間ほど前に食べたものと間違いなく同じだ。期待したより酸《す》っぱかっただけで、身体《からだ》に異状が出ないことはわかっている。でも、正体がよくわからない液体を口にするのは躊躇《ためら》われた。

ひとまず、実を齧《かじ》って時間稼《かせ》ぎをしよう……と、紅い果実を口に入れた。酸っぱさに眉を顰めながら小さな種を嚙《か》み砕《くだ》き、飲み込む。

一部始終を、居合わせた人間が固唾《かたず》を吞《の》んで見ているのがわかる。ものすごく居心地《いごこち》が悪い。しっかり咀嚼《そしやく》したはずなのに、喉に引っかかるみたいだ。

なんとなく重苦しい空気の中、舌に漂う酸味の余韻《よいん》を感じていると、

「セネカ」

不意に低い男の声が耳に飛び込んできて、礼渡はビクッと肩《かた》を震わせた。

礼渡の両脇《りようわき》で身構えていた男たちが、即座《そくざ》に武器を手放して床に伏《ふ》せたことで、その人物が特別な存在であることを察せられる。

小部屋の入り口に姿を現した男は、堂々とした足取りで真っ直《す》ぐこちらに向かってきた。

太陽の光を吸い込んだみたいな、金に近い薄茶色《うすちゃいろ》の髪《かみ》……肌《はだ》の色は、礼渡や他の人たちよりも色素が薄い。背丈《せたけ》は、百七十センチちょうどの礼渡より目線が上の銀髪の男より更《さら》に高いので、きっと百八十センチ台の半ばほどもある。

真紅《しんく》の糸で袖口や裾に微細《びさい》な刺繍が施された白い衣装は、ゆったりとして身体のラインを拾わないものだが、それでも見事な体軀が推測できた。

礼渡より、二つか三つ年上だろうか。二十五を超《こ》えてはいないように見える。

「……？」

「……。……！」

セネカ、と呼びかけた銀髪の男と短く言葉を交《か》わすと、大きく足を踏《ふ》み出して礼渡の目前に立った。

少しだけ背を屈《かが》め、三十センチも離《はな》れていない距離《きょり》でジッと礼渡を凝視《ぎょうし》してくる。

至近距離で視線を絡《から》ませた男から、目を逸らせない。まるで、なにか強力な魔力《まりょく》が働いて縫《ぬ》い留められているように、手も足も動かない。

礼渡だけでなく、男も無言で……ただ、視線を絡ませる。

礼渡を見据《みす》える瞳は、不思議な色合いだった。金色にも見えるし、虹彩《こうさい》の中心の部分が青緑がかっているようにも見える。

その顔立ちはアジア系の人種とは明らかに異なる彫《ほ》りの深さで、髪や肌の色からしてもゲルマン系との混血であることが容易に想像できるものだった。

ふっと礼渡から視線を逸らしたかと思えば、

「セネカ、……！」

短く名を呼ぶと、銀髪の男の手から銀盃を受け取ってグッと呷《あお》る。その様子を見ている礼渡に長い腕《うで》を伸《の》ばしてきて、両手で頭を摑《つか》み……。

「なっ……！」

目の前に影《かげ》が落ちたかと思えば、逃《のが》れる隙《すき》もない素早《すばや》さで唇を塞《ふさ》がれた。

舌先に、とろりとした濃密《のうみつ》な甘酸っぱさを感じたと同時にピリッと刺激《しげき》が走り、反射的に喉《のど》を鳴らす。

飲ん……だ。覚悟《かくご》を決める間もなく、口移しで含《ふく》まされた得体の知れない酒を、飲み込んでしまった！

慌《あわ》てて男の肩に手を突っ張《ぱ》って顔を背《そむ》け、喉に手を当てる。

「……ッ、けほっ。コホッ！」

意図して噎《む》せても、飲み込んでしまったものを吐《は》き出すことはできない。喉が熱いのは、意外とアルコール濃度《のうど》が高かったせいだろうか。

口移しで強引《ごういん》に飲ませるという暴挙に出た男を、涙《なみだ》の滲《にじ》む目で睨《にら》みつける。

「なにすんだよっ」

「実を口にして、無事だったと聞いたからな。異変はない……か」

「異変……って」

あれ？　今、この男は……ナニ語を話した？

自分は……どの言語で話しかけた？

不可解としか言いようのない違和感《いわかん》に気がつき、文句を続けようとした口を閉じる。

目をしばたたかせた礼渡に、

「不思議そうな顔で……なんだ？」

と、問いかけてきたのは……英語だ。

でも、

「蠱惑《こわく》の酒の味は……どうだった？」

そう続けた言語は、明らかに英語ではない。なのに、どうして言われた言葉の意味を理解できている？

「え……なに？　なんで？」

今、自分が発している言語が日本語なのか英語なのか、それ以外の別物なのかもわからなくなってしまい、混乱に拍車《はくしゃ》をかける。

礼渡は、確かに言葉を口に出した。でも、目の前の男と会話が成り立っているのだから、英語や日本語ではないはず。

自分がどんな言語を使っているか、わからないなど……異常だ。

啞然《あぜん》とする礼渡の前にいる男が、ふっと吐息《といき》をついて銀髪《ぎんぱつ》の男に振り向いた。

「セネカ。おまえが、なにやら……細工をしたな？」

「さて。なんのことですかな。皇帝《こうてい》の果実を口にしたからには、どのような奇跡《きせき》が起きても不思議ではないでしょう。アルカスの血が身に流れているわけではないのに、こうして無事であること自体が神秘」

皇帝の果実？

あの、紅い実のことだろうか。

紅い実を食べた……もしくは、あの実から造ったという酒を飲んだことで、唐突《とうとつ》に言葉が理解できるようになったという意味か？

「……そんな、都合のいい魔法《まほう》みたいなこと、あるわけがない。アニメかよ」

呆然《ぼうぜん》とつぶやいた礼渡の頭の中では、子供の頃《ころ》に大好きだったアニメ……便利グッズを携《たずさ》えて未来から来た愛嬌《あいきょう》のある青いロボットが、グルグルと駆《か》け巡《めぐ》っている。

銀髪の男に向き合っていた金髪の男は、小さく息を吐いて礼渡を見下ろしてきた。

「惚《とぼ》けやがって。相変わらず、酔狂《すいきょう》な男だ。まぁいい。会話ができないのでは不便だからな。……おまえ、名は？」

尊大な態度と声で名を聞かれ、内心ムッとしたけれど、なんとか表に出すことなくやり過ごした。

この人物が権力者であることは、改めて聞くまでもなくわかっている。今、この状況《じょうきょう》で逆らうのは得策ではないだろう。

「礼渡……」

「アヤト？　俺はガイウスだ。ガイウス・オーラム・アルカス。ガイでいい」

ガイウスと名乗った男は、小さくうなずいた礼渡に表情を緩《ゆる》ませる。これまで険しい顔ばかり目にしていたけれど、そうしてやわらかな表情を目にした途端《とたん》、トクンと心臓が奇妙《きみょう》に脈打った。

ずいぶんと端整《たんせい》な容貌《ようぼう》だということを、再認識《さいにんしき》する。

これまでは、同性の美醜《びしゅう》など気にしたこともなかったけれど、この男は別格だ。男や女という性に関係なく、率直《そっちょく》に『美形』だな……と、不思議な心地《ここち》になる。

無言でガイウスを見上げていると、ふっと表情を曇《くも》らせて礼渡の全身をジロジロ眺《なが》めた。

「小さいし細いな。これでは、力仕事は無理だろう。ずいぶん、ぼんやりとしているが……頭が鈍《にぶ》いのか？」

……性格には、少しどころではなく難がありそうだが。初対面の人間に向かって、失礼極《きわ》まりない。

セネカが、クスクス笑いながら礼渡とガイウスのあいだに分け入ってくる。

「この者にとっては、突如《とつじょ》迷い込んだ異国の地。いろいろと戸惑《とまど》っているのでしょう。間もなく日暮れです。夕餉《ゆうげ》を食し、今日のところは休ませてはいかがでしょうか」

「……そうしよう。セネカ、この者を部屋に案内しろ。おまえたち、見ていたな？　アヤトは皇帝の高貴なる実を食し、聖なる秘酒をその身に受け入れることのできる特別な存在だ。そのつもりで、丁寧《ていねい》にもてなすように」

ガイウスが踵《きびす》を返しながら口にすると、槍《やり》を構えていた男たち……そして礼渡をここまで連れてきた初老の女性が、短く答える。

「御意《ぎょい》」

ガイウスの姿が見えなくなり、奇妙な緊張《きんちょう》から解放されて大きく息をついた。

周りを見回すと、セネカだけと目が合う。他《ほか》の男女は、礼渡と視線がぶつかる前に顔を伏せてしまった。

「なにがどうなっているのか……わからないんだけど」

このセネカが、どんな人物なのかも謎《なぞ》だ。

でも、風体《ふうてい》といい……振《ふ》る舞《ま》いといい、先ほどのガイウスに次ぐくらいの立ち位置であることは間違《まちが》いない。

「聞いていただろう。おまえはアルカスにとって、大切な客人だ。夕餉を摂《と》り、身を休めるがいい。密林を迷ったということだが……怪我《けが》はないか」

「大丈夫《だいじょうぶ》、です」

短く答えると、セネカは「それならばよい」とうなずいた。綺麗《きれい》な緑色の瞳《ひとみ》が、ジッと礼渡を見据えている。

「なにも心配はいらない。アルカスにいる限り、安全を保障しよう。ガイウスの、大切な存在だからな。言葉も理解できて……不安などないだろう？」

少しだけ背を屈《かが》め、礼渡の目を覗《のぞ》き込むようにしながら、小さな子供に言い聞かせるようにゆっくりとした口調で語る。

「う……ん」

セネカの声を聞いていた礼渡は、ぼんやりとした心地でコクンとうなずく。

何故《なぜ》だろう。胸の奥に滞《とどこお》っていた不安が、解かされていくみたいだ。

セネカの緑色の瞳と視線を絡《から》ませて、その言葉を聞いていると、本当になにも心配することなどない……という気分になるのが、不思議だった。

ここに連行された時は、どうなるのか不安ばかりだったけれど、予想外に丁重《ていちょう》な扱《あつか》いをされていると思う。

ただ、あの妙《みょう》な酒を口移しで飲まされたことは……不幸な事故だったと、忘れよう。

「泊《と》めてくれるのは助かるけど……それより、はぐれた人に連絡《れんらく》したい。電話かなにか、通信手段はありますか？」

食事も寝床《ねどこ》の提供も、心底ありがたい。

ありがたいけれど、身の危機がなくなったのであれば、次に重要なのは叔父《おじ》に連絡することだ。

きっと、心配している。ここにいることだけでも伝えられれば、そのうち迎《むか》えに来てくれるはずだ。

こうして見る限り、密林の奥という立地にしては意外にも文明的な生活をしているようだ。

もしかして、通信手段もあるのでは……と期待したけれど、セネカの答えは「ない」の一言だった。

「ただ、そのようなものを備えた近くの村に、伝達を出すことはできる。それも、朝陽《あさひ》が昇《のぼ》ってからだ。夜闇《よやみ》に包まれた密林は、人の侵入《しんにゅう》を拒《こば》む」

「そ……れじゃ、明日《あした》の朝になったらその集落におれを連れて行ってほしい。今夜は、世話になります」

その村に案内してもらえたら、叔父に連絡を取ることができる。今夜は、お言葉に甘えて泊めてもらおう。

そう頭を下げた礼渡に、セネカは表情を変えることなく「約束はできんな」と返してきた。

「ガイが許すかどうか……だ。アルカスでの決定権は、すべて皇帝であるガイウスが掌握《しょうあく》している。ただの執政《しっせい》官である私の裁量では、答えられん」

「皇……帝？　さっきの、ガイが？」

確かに、立ち居振る舞いも雰囲気《ふんいき》も独特で、身分が高そうだとは感じていた。皇族と聞かされても、違和感はない。

ただそれにしては、ガイウスと呼び捨てにしていることといい……セネカのガイウスに対する態度は、ずいぶんと無遠慮《ぶえんりょ》なものだと思うが。

執政官というより、対等に近い関係だとしても納得《なっとく》できる。

怪訝《けげん》に思った礼渡が質問を重ねようとしたことが察せられたのか、セネカは追及《ついきゅう》をはぐらかすように身体《からだ》の向きを変える。

「アヤトは我が国にとって、大切な客人だ。宮殿《きゅうでん》の奥……寝所《しんじょ》へと案内しよう。……泥《どろ》だらけだな。身を清める湯と、着替《きが》えを用意させる」

「あ……ちょっと、待ってよ」

礼渡に背を向けて歩き出したセネカを、慌《あわ》てて追いかけた。

アルカスという名らしいここは、地理的にはどこに位置しているのか。

通信手段があるという近くの村とやらは、簡単に辿《たど》り着ける距離《きょり》なのか。

ガイウスが皇帝ということは、本当なのか。

あの紅《あか》い実……それに酒は、結局なんだったのか。

あんなふうに、強引《ごういん》に礼渡が口にさせられたことの意味は？

数々の疑問に答えてくれそうなのは、銀髪の男……セネカだけなのだ。追いかけて、なんとしてでも答えを引き出したい。

《三》

夜が訪《おとず》れると、宮殿はいっそう不思議な空気に包まれた。

晩餐《ばんさん》の準備が整ったと呼びに来た女官に案内された広間には、石の床《ゆか》に豪華《ごうか》絢爛《けんらん》な絨毯《じゅうたん》が敷《し》かれている。いくつも並べられた銀色の大皿には数々の料理が盛られ、色とりどりの果物が華《はな》を添《そ》えていた。

ここが密林の奥であることを、忘れそうだ。まるで、宮廷《きゅうてい》を舞台《ぶたい》にした外国映画の一場面に身を置いたような気分だった。

部屋を囲むように設置されているランプ型の照明は、電灯ではなくオイル式だろうか。一つ一つの灯火は淡《あわ》いものだけれど、数で光の乏《とぼ》しさを補っている。

空気の流れによって揺《ゆ》らめくやわらかなオレンジの光が、不思議な場の演出に一役買っているみたいだ。

ガイウスは、上座に当たる位置だろう部屋の奥……サテンのような光沢《こうたく》のある、濃紺《のうこん》の大きなクッションに座している。

「アルカスの衣装が似合うではないか」

女官に促《うなが》されて、おずおずと歩を進めた礼渡と目の合ったガイウスは、仄《ほの》かな笑《え》みを浮《う》かべて手を差し伸《の》べてきた。

似合う……？

肌触《はだざわ》りのいい布をたっぷり使い、吸湿性《きゅうしつせい》と通気性がよく……蒸《む》し暑い気候を考慮《こうりょ》し、理にかなった機能的な衣服だとは思う。

けれど礼渡にしてみれば、長い裾《すそ》がヒラヒラと足首に絡みつくこの衣装は、女性の着るワンピースかドレスのようで……なんとも落ち着かない気分だ。

袖口《そでぐち》や裾の部分に、深緑色の糸で施《ほどこ》されている繊細《せんさい》な刺繍《ししゅう》は綺麗だけれど、腰《こし》のところに巻きつけられた帯の結び方は女官の衣装と似通ったものではないか？

セネカやガイウス、衛兵らしい男たちは、もっとすっきりした結び方をしているはずだ。結び目を、リボンのように華美《かび》に膨《ふく》らませていない。

着付けをしてくれた女官に尋《たず》ねようにも、警戒《けいかい》されているのかそういう決まりなのか目も合わせてくれなかったので、聞くタイミングを逃《のが》してしまった。

ガイウスの手を取っていいものか躊躇《ためら》って立ち尽《つ》くしていると、礼渡が動こうとしないことに焦《じ》れたらしい。

「座れ」

強く手首を摑《つか》まれてグッと引かれ、ガイウスの隣《となり》に腰を下ろした。二人でもまだ余裕《よゆう》があるサイズなのに、ガイウスは腕《うで》が触《ふ》れ合う近さに礼渡を座らせる。

セネカに『皇帝《こうてい》』だと聞かされているので、こんなふうに異邦人《いほうじん》の礼渡が距離を詰《つ》めてもいいものなのか、戸惑《とまど》う。

周囲の人たちは、気にしていないようだけれど……ガイウスはなにを考えている？

セネカは、礼渡を部屋に案内したきり着替え等を女官に託《たく》して姿を消してしまったので、結局なにも聞けていない。

ずいぶんと丁寧《ていねい》な扱いをしてくれていることはわかっても、礼渡には謎《なぞ》ばかりだ。

「もっと傍《そば》に寄れ」

礼渡がコッソリ周りの様子を窺《うかが》っていると、ガイウスが当然のようにスルリと腰に手を回してくる。

距離の近さにギョッとした礼渡が逃《に》げる間もなく、耳元に口を寄せてきてなにを言うかと思えば、

「アヤトは抱《だ》き心地《ごこち》がいまいちだ。しっかりと食して、もっと太れ」

低い声で、つまらなそうに零《こぼ》す。

不躾《ぶしつけ》かつ、同性に向けるものとは思えない台詞《せりふ》に、さり気なく身体を離《はな》しながら眉《まゆ》を顰《ひそ》めて言い返した。

「抱き……っ、そんなの、あんたに関係ないだろ！」

「大いに関係がある。閨《ねや》での相性は重要だ」

……ネヤ？　とは、なんだ？

礼渡は耳慣れない言葉に口を噤《つぐ》み、目をしばたたかせた。意味がわからない……と、表情に

出ているのだろう。

ガイウスは、ククッと肩《かた》を震《ふる》わせて愉快《ゆかい》そうに笑った。

「なんだ、その妙な顔は。せっかくの愛らしさが台無しだ」

「あ、愛らし……」

ガイウスが口にした言葉は、わかる。この土地の言語のはずだが、日本語での会話と変わらない。

その意味も、きっと問題なく理解できていて……ただ、自分に向けられたものにしては違和《いわ》感《かん》が強烈《きょうれつ》だった。

礼渡の常識では、『愛らしい』という形容詞は女性や子供に対するものであって、二十二歳にもなった男に適用されるものではない。

「あのさ、自分で言っててておかしいと思わない？」

十代の半ば、高校生くらいまでは女子と間違《まちが》えられたこともある。顔立ちは父親に似ているのだが、優《やさ》しげだとか大人しそうという印象を与《あた》える容貌《ようぼう》らしく、庇護欲《ひごよく》をそそると言われたこともある。

一番ひどかったのは中学に入ってすぐの頃《ころ》で、女子には完全に同性扱《あつか》いされていたし、男子には女子より可愛《かわい》いと遠巻きにされていた。

その弊害《へいがい》なのか、高校に入る頃には、友人曰《いわ》く『外見を裏切る逞《たくま》しい性格』が形成されていた。

負けず嫌《ぎら》いで思い切りがよく、物怖《ものお》じしない。売られたケンカは漏《も》れなく買って、見くびってゴメンナサイと言わせるまで食《く》らいつく。

可愛いとか、綺麗《きれい》だとか……外見で舐《な》められることが無いように、必要以上に肩肘《かたひじ》を張っているという自覚はある。

この性格が幸いしてなのか災《わざわ》いしてなのか、ストレスで心身に不調を引き起こす前に上司を殴《なぐ》って、会社を辞《や》めることになったのだが……。

二十歳《はたち》を迎《むか》える頃には、無遠慮《ぶえんりよ》に面と向かって『可愛い』とか『綺麗だ』とか言ってくる輩《やから》は激減し、たまに女性から似たような言葉をかけられる程度だ。それも、彼女たちは褒《ほ》め言葉のつもりだとわかっているので、闇雲《やみくも》に腹を立てることもない。

久々に、同性……しかも、礼渡のコンプレックスをグサグサと刺激《しげき》する男らしいタイプから気に食わない形容詞を投げかけられて、ヒクリと頰《ほお》を引き攣《つ》らせた。

「なにか、おかしいか？」

意図的に惚《とぼ》けているのでなければ、ガイウスは本気で自分の発言が奇妙《きみよう》なモノだとわかっていないらしい。

不思議そうに聞き返してきたガイウスを、ギロリと睨《にら》みつける。

「おれのどこが、愛らしい……って？」

礼渡は精いっぱい凄《すご》んでいるつもりだけれど、ガイウスは緊張感《きんちようかん》に欠ける笑みを浮かべたまま、火に油を注ぐ。

「どことというか……なにもかも、愛らしいだろう。労働とは無縁《むえん》だと言わんばかりの、細い指……滑《なめ》らかな肌、手入れの行き届いた艶《つや》やかな髪《かみ》」

ガイウスの手に右手を取られて、指先を撫《な》でられる。厨房《ちゅうぼう》スタッフとして応募《おうぼ》したアルバイトでは、客寄せになれと言われてホールに回されることがほとんどで……指が荒《あ》れるような皿洗いや清掃《せいそう》は、経験したことがない。肉体労働とも縁がなかったので、逞しいとは言い難《がた》い外見だろうとは思う。

でも、モデルでもあるまいし、意識して特別な手入れをしたことなどない。

「ひ、貧弱そうな外見ってことか」

「アルカスの女たちとは、すべてが違うな。どこの姫《ひめ》だ？　護衛も供もなく、密林を彷徨《さまよ》うなど……無謀《むぼう》な」

ここの女性たちは、確かに礼渡より逞しい。それは認める。が、姫という表現は、礼渡の神経をザラリと逆撫《さかな》でした。

「ふざけんなよ。姫とか……どこに目をつけてやがる。おれは……んっ」

男だっ！　と勢いよく言い放とうとした。

その礼渡の口を、ガイウスが「うるさい。黙《だま》れ」と眉を顰めて大きな手で塞《ふさ》いだせいで、中途半端《ちゅうとはんぱ》に遮《さえぎ》られてしまった。

「姫というには、少しばかり口が悪いか。まぁ、いい。花嫁《はなよめ》として民《たみ》に披露《ひろう》するまでには、まだしばし時がある。婚儀《こんぎ》までに、皇妃《こうひ》として相応《ふさわ》しい立ち居振《ふ》る舞《ま》いを身に付けろ。セネカ、アヤトの教育は任せた」

「……御意《ぎょい》」

いつの間にすぐ脇《わき》に控《ひか》えていたのか、近くでセネカが答えたのにギョッと目を瞠《みは》った。

待て。待て、待てっ！

花嫁？　皇妃……婚儀だと？

あまり考えたくはないが、ガイウスの口ぶりでは礼渡をその主役に当てはめようとしているとしか思えない。

姫という単語に怒《おこ》るよりも、こちらに反発して突《つ》っぱねるほうが先だ！

焦《あせ》った礼渡は、口を塞いでいたガイウスの手を振り払《はら》って「冗談《じょうだん》じゃない！」と、首を横に振った。

「なに、勝手に決めてんだ。おれの意思は？」

そういう問題ではないのだが、もう、どこからツッコミを入れればいいのかわからなくなってしまった。

まずは、差し迫《せま》った危機の回避《かいひ》……ガイウスの『花嫁』やら『皇妃』になどなれるわけがないと、拒否《きょひ》を伝えるべきだ。

ツンと澄《す》ました顔のガイウスを睨み、脇に立つセネカをチラリと見上げる。緑色の瞳《ひとみ》と目が合い、面倒《めんどう》くさそうに口を開いた。

「おまえの意思など関係ない。異国の民だろうと、領域に立ち入ったからにはアルカスの決まりに従うのみ」

子供に言い聞かせるように淡々《たんたん》とした口調でそう言ったセネカは、まだなにか文句があるのかと言わんばかりの目で礼渡を見遣《みや》る。

これではまるで、礼渡が聞き分けなく駄々《だだ》を捏《こ》ねているみたいだ。どう考えても、アチラのほうが普通《ふつう》ではないはずなのに……。

「黙って従えるかっ。だいたい、皇帝《こうてい》の結婚相手なんて重要だろ。よくわかんないけど、この国の家柄《いえがら》のいいお嬢様《じょうさま》とか……外国人だろうと、身元のきちんとした姫じゃないとダメなんじゃないか？　おれなんて、身元不明でメチャクチャに怪《あや》しい不法侵入《しんにゅう》者だと思うんだけど。果実ドロボーだし！」

数時間前は『人畜無害《じんちくむがい》』を主張していたのに、一転して必死で『怪しい人』アピールしようとするなんて、自分でも矛盾《むじゅん》していると思う。傍《はた》から見れば、とてつもなく不審《ふしん》かつ滑稽《こっけい》に違いない。

でも、皇帝の花嫁がどうとか……予想外の事態に巻き込まれそうになったのだから、なりふり構ってなどいられない。

一気に言い放ってゼイゼイと肩で息《いき》をしていると、セネカが仕方なさそうに吐息《といき》をついて口を開いた。

「おまえが口にした紅《くれない》の果実こそが、皇帝の花嫁となるべく運命を示しているのだ」

「あの実に……なんの意味が……？」

小さな紅《あか》い実が、なにやら重要なキーアイテムであることは、おぼろげながら礼渡にも察せられる。

果樹のところで遭遇《そうぐう》した女性たちが、驚《おどろ》いた様子だった。

セネカの目の前で、改めて食べさせられ……ガイウスには、あの実で造ったという酒を強引《ごういん》に飲まされた。

それだけでなく、チラリと耳にした『皇帝の実』という言葉からも、あれがただの木苺《きいちご》ではないと想像はつく。

「紅の、皇帝の実……」

なんだろう。なにかが引っかかる。

知るはずのない紅い実のことを、どこかで誰《だれ》かから聞いた憶《おぼ》えがあるような？

思い出しそうで、あと一歩のところで思い出せない。そんな、もどかしさと気持ち悪さに唇《くちびる》を噛《か》む。

うつむいて思考を巡《めぐ》らせていると、今度はセネカではなくガイウスが語った。

「アヤトが口にした紅の実は、猛毒《もうどく》を宿している。高貴な血脈を持つ者以外が身に取り入れれば、たちまち心の臓が動きを止める」

「毒……？」

自分をからかっているのかと思ったが、そろりと窺《うかが》い見たガイウスは……真顔だ。

礼渡は無意識に喉元《のどもと》に手を当て、心臓の真上あたり……サラリとした布を強く摑《つか》んだ。

喉《のど》の渇《かわ》きに負けて、あの実をいくつも食べたけれど、酸《す》っぱいと感じただけだ。今のところ、心臓にも異変はない。

でも、もし……毒があるというのが本当で、これから効いてくるのなら？

呆然《ぼうぜん》とした礼渡の頬は、青褪《あおざ》めているかもしれない。ガイウスが大きな手を押し当てて、顔を覗《のぞ》き込んでくる。

「だが、おまえは無事だ。特別な存在なのだ」

「じわじわ、毒が回るんじゃなく……て？」

ポツリと聞き返した礼渡は、すぐ近くにある金色の瞳を見詰《みつ》め返す。

怖《こわ》い。……怖くて堪《たま》らないのに、その瞳を綺麗《きれい》だと感じる自分が不思議だった。

安心させるように礼渡の頬をそっと撫でたガイウスが、唇にほんのりとした笑《え》みを浮《う》かべて答える。

「即効性《そっこう》の猛毒だ。普通の人間なら、陽《ひ》が落ちる前に死んでいる。間違《まちが》いなく、おまえには無害だ」

これから毒が効いてくるのではない、と耳にしてほんの少し肩《かた》の強張《こわば》りを解いた。胸に押し当てた手の下で、心臓が激しく脈打っているのを感じる。

あんなに紅く艶やかで、瑞々《みずみず》しくて美味《おい》しそうな見かけなのに、人を死なせるほど強烈《きょうれつ》な毒を持っているなど……恐《おそ》ろしい。

「本来、皇族のみが食することのできる実。その実を口にして無事なアヤトを、妃《きさき》に……と望

むのは不自然なことではないだろう」

ガイウスの言葉を継《つ》いだセネカの台詞《せりふ》は、礼渡ではなく周囲に侍《はべ》らせている従者たちへの宣言のように感じて、グッと奥歯を噛んだ。

恐る恐る視線を巡らせると……女官も衛兵も、礼渡と目が合う前に顔を伏《ふ》せる。無関心なようでいて、礼渡に気づかれないよう密《ひそ》かにしっかり観察していたに違いない。

大勢の人がいるとは思えないほど静かな広間に、セネカの声が響《ひび》き渡《わた》った。

「皇帝の実の栽培地《さいばい》は、聖域。本来、無断で立ち入った者は処刑《しょけい》となる。ただし、アヤトは特別な存在であり、例外だ。禁忌《きんき》の実に選ばれし、皇帝ガイウスの妃候補でもある。大切な客人扱《あつか》いをするのは当然だ」

礼渡はもう、なにも言えなくなってしまい奥歯を噛む。

頬《ほお》に触《ふ》れていた手を離《はな》したガイウスは、自然な仕草で礼渡の肩を抱《だ》き寄せた。今度は、その手を「放せ」と拒《こば》むことができない。

「正式な発表は後日だ。だが、アヤトが俺の特別な客であることは忘れるな。相応の扱いをするように」

ガイウスの宣言に、場に居合わせた全員が深く頭を下げる。

礼渡はこの国の民ではなく、突如《とつじょ》現れた得体の知れない人間だ。そんな不審者に『相応の扱いを』と言われても反発しそうなものだが、少なくともここにいる人たちは拒絶《きょぜつ》や困惑《こんわく》をチラリとも覗かせない。

それだけ、皇帝の権力が絶対的で……ガイウスを畏怖《いふ》しているのだろうか。それとも、信頼《しんらい》を寄せられている？

今の礼渡は、ガイウスという人間をよく知らないのでガイウスが暴君なのか賢帝《けんてい》なのか、読み解くことはできない。

花嫁《はなよめ》なんて、冗談じゃない。

おれは男だぞ？

明日《あした》にはここを出て、叔父《おじ》に連絡《れんらく》をするつもりなのだけれど。

言いたいことはいくらでもあるのに、この場でそれを口にする度胸はなくて……ガイウスに抱き寄せられた体勢のまま、無言で身を強張らせることしかできなかった。

わからないことばかりだけれど、今、ここでガイウスに逆らうのが得策ではないことだけは確かだ。


時計はないので、何時なのかはわからない。ただ、丸々とした月が夜空の一番高い位置にあるので、深夜なのは確実だ。

「ガイもセネカも、他《ほか》の人たちも……おれを、女だと勘違《かんちが》いしている……よな」

寝台《しんだい》に身を横たえた礼渡は、怒濤《どとう》の一日を思い起こしながら小声で独り言を零《こぼ》す。

ガイウスも語ったように、確かに礼渡は逞《たくま》しい印象のアルカスの女性たちより貧相な体格だ。上背はそれなりにあるが、身体《からだ》の厚みはないし肩や腕《うで》の筋肉も乏《とぼ》しく……比較《ひかく》対象が女性と思えば悔《くや》しいが、負けを認めるしかない。

さすがに宮殿《きゅうでん》内で働く女性たちは、紅い実の果樹のところであった人たちより細身で淑《しと》やかな雰囲気《ふんいき》と容姿をしているが、それでも礼渡のほうが貧弱そうなのは……便利な社会で育った俗《ぞく》にいう現代っ子故《ゆえ》か。

日本にいればさすがにもう女性と間違えられることはないけれど、ここでは非力な『姫《ひめ》』呼ばわりをされても仕方がないかもしれない。

「大ちゃんみたいな外見だったら、女には見えないだろうけど……」

諦《あきら》めのため息をついて、横たわっている寝台に両手を伸《の》ばした。

木製の寝台にはマットのようなものが敷《し》かれているのか、適度なクッション性があり、サラリとした肌触《はだざわ》りの清潔な布がかけられている。

やはり電気は通っていないようで、枕元《まくらもと》のテーブルに置かれているのはオイルランプだ。

宮殿中を観察して回ったわけではないので、わからない部分のほうが多いけれど……この国の人たちは、上手《うま》く自然と共存しているように見える。生活に不便なところはなく、かといって必要以上に利便性を追求するでもない。

食事はサラダのような生野菜や果物だけでなく、パンに似たものや焼いたり蒸《む》したりしたなにかの肉に加え、塩とハーブらしいシンプルな味付けながら芋《いも》や野菜を煮込《にこ》んだシチューまであった。

正体不明の肉はさすがに口にできなかったが、シチューやパン、果物は礼渡でも美味しいと感じられて、あの状況《じょうきょう》で食べられる自分の神経を改めて図太いと自覚してしまった。

「毒のある実、か。やっぱり、おれは平気みたいだよな」

腕を上げて顔の前に手を翳《かざ》し、大きく広げてマジマジと見詰める。

ランプの光は淡《あわ》いものだが、目の前のものを観察することはできる。肌《はだ》も爪《つめ》も正常で、外見的な異変はない。

確かガイウスは、即効性の猛毒だと言っていた。こうして夜になっても無事なのは、やはり自分にはその毒は効かないと安心してもいいはずだ。

「でも、なんで……？」

ただの木苺のようにしか見えなかったし、味も酸っぱいベリー類のものだった。酒を口にした際、少しだけ舌がピリッとしたのは、単に酸が理由だろう。

ここの民族にだけ毒が効くのなら、遺伝的なアレルギー因子がある……とか？

でも、民族の遺伝的ななにかがあるなら、ガイウスにとっても毒のはず。彼は外国人との混血かもしれないが、代々の皇帝《こうてい》はこの国の人間だろう。

皇族の血……に、無毒化できる遺伝子が備わっている？

可能性としてはありそうだが、こうして礼渡が一人で考えたところで、すべて『かもしれない』としか言えない。

「騙《だま》して悪いけど、しばらく女のふりをしていたほうがよさそうだな」

無理やりガイウスの寝所《しんじょ》に連れ込まれるのではないかと、警戒《けいかい》していたのだが……拍子抜《ひょうしぬ》けするほどあっさりと、抱《だ》き込まれていた腕から解放された。

正式な発表が……とか、婚儀《こんぎ》が……とか言っていたので、なにかしら手順を踏《ふ》もうとしているのかもしれない。

丁重《ていちょう》な扱いを約束すると言っていたし、周囲の態度を見ていても『皇帝の花嫁候補』という立場にいたほうが身の危険が少なそうだ。

チクチクと胸の奥が痛むけれど、我が身を護《まも》るためだと罪悪感に蓋《ふた》をした。

「幸いなのは、意外と紳士《しんし》的……っていうか、理知的な人たちなのかな」

意外、と言ってしまったら失礼だろうか。

セネカも、皇帝……ガイウスにも、粗野《そや》な印象は皆無《かいむ》だった。傲慢《ごうまん》なほどではないが強引《ごういん》なのは、皇帝という立場的に仕方ないと受け流せる程度だ。

あのままでは、密林で野宿をするはめになっていたかもしれないと思えば、こうして安全なところでベッドに横たわっているなど……幸運としか言いようがない。

「大ちゃん、心配してるだろうな。すげー迷惑《めいわく》をかけてる」

あの不可解な紅《あか》い実のことも、植物に詳《くわ》しい叔父ならわかるかも……。

目を閉じて、叔父の顔を思い浮かべる。

ふっと息をついたところで、耳慣れない獣《けもの》の鳴き声が遠くから聞こえてきた。鳴き声というより、遠吠《とおぼ》え……か？

「毒のある、紅い実……虎《とら》の皇帝？」

そうだ。思い出した。山を歩いている時に、叔父が毒のある紅い実についての話を聞かせてくれたのだ。

猛毒《もうどく》を無毒化できるのは、金色の毛を持つ虎だ……とか。

その皇帝の始祖は、皇族のみ。

紅い実と、皇帝……ガイウスの姿が閉じた瞼《まぶた》の裏に浮《う》かび、ふっと目を開いた。

「金色の虎、か。うーん……確かにちょっと不思議な感じだったし、ガイウスなら虎に化けても綺麗《きれい》だろうな……とは思うけど」

アルカスという国が、いつからこの地にあるものなのかはわからない。

ただ、ガイウスは外国人との混血だから、この土地では少し変わった外見なのだろうし……

皇帝の始祖だと語られている金虎《きんこ》の伝説は、かなり昔から伝承されているもののはずだ。

「なんか、いろいろごちゃ混ぜになってる感じ……か」

聞きかじっただけの噂話《うわさばなし》と、アルカスというこの不思議な地で見聞きしたことが礼渡の中で絡《から》み合い、伝説と現実を勝手に結びつけようとしているに違《ちが》いない。

一人で考えていてもきちんとした答えは出そうにないし、混乱が深まるばかりだ。

「朝になったら、セネカ……ガイウスに頼《たの》んで、なんとか大ちゃんに連絡を取ろう。女のふりをしていたら、たぶん身の危険はない……よな」

男だと知られなければ、大丈夫《だいじょうぶ》。

女性としての振《ふ》る舞《ま》いができるほど開き直れそうにはないが、姫扱《あつか》いや花嫁候補呼ばわりくらいは、我慢《がまん》しよう。命には代えられない。

もし、叔父と連絡が取れなければ……とか。

いつまで、ここにいなければならないのだろう……とか。

万が一、男だとバレたらどうなるのか……とか。

次々と思い浮かぶ悪いことを考えれば、きりがない。不安ばかり込み上げてくる。

「とりあえず、寝《ね》るっ。寝て……朝になってから、作戦を立てよう」

夜闇《よやみ》の中で考えることなど、ロクなことがない。友人や家族に、能天気だとため息をつかれる自分の長所は、前向きで楽観的なところだ。

意図的に思考を無にして、淡い光を放つランプに背を向けて目を閉じたけれど……いくら能天気な礼渡でも、簡単には寝られそうにない。

夢と現《うつつ》の境、浅い眠《ねむ》りを漂《ただよ》い……幾度《いくど》となく寝返りを打つ。

なにも考えたくないから眠りに逃避《とうひ》しようとしたのに、強烈《きょうれつ》な印象を残す存在……ガイウスが夢に現れて、紅《くれない》の実を口元に差し出してくる。

礼渡が顔を背《そむ》けて「嫌《いや》だ」と怯《ひる》めば、自らの口に含《ふく》み……強引に唇《くちびる》を重ね合わせ、口移しで礼渡に与《あた》える。

舌に強烈な酸味を感じて口づけから逃《のが》れると、目の前に立つガイウスがクスリと笑う。直後、まるで魔法《まほう》のように黄金の毛に包まれた巨大《きょだい》な虎へと姿を変えた。

唖然《あぜん》と目を瞠《みは》って立ち竦《すく》む礼渡の胸に浮かぶのは、不思議なことに恐怖《きょうふ》ではなく……純粋《じゅんすい》な感嘆《かんたん》だった。

橙色《だいだいいろ》の体毛に包まれた金色の瞳《ひとみ》の猛獣《もうじゅう》は、威風堂々《いふうどうどう》とした佇《たたず》まいで王者の風格を漂わせ、ただ美しかった。

これは、神の創造した神獣だ。

獣に畏怖《いふ》を覚えるのは初めてで、言葉もなく美しい獣に目を奪《うば》われる。太い脚《あし》が大地を踏みしめ、ゆっくり近づいてきても動けない。

食われてもいい……と、恍惚《こうこつ》とした心地《ここち》で金色の虎を見詰《みつ》めていると、長い尾《お》が礼渡の頰《ほお》をスルリと撫《な》で、低い声が名を呼ぶ。

「アヤト」

「……っ！」

その声が耳に飛び込んできた瞬間《しゅんかん》、ビクッと全身を震《ふる》わせて目を見開いた。

なに……？　なんだ？

ここは……石造りの部屋で、木製の寝台に寝ている……？

唐突《とうとつ》な覚醒《かくせい》に、頭が混乱している。自分がどこにいるのかわからなくて、落ち着きなく視線を巡《めぐ》らせた。

「こ……こは？」

ドクドクと忙《せわ》しなく脈打つ心臓の鼓動《こどう》が、耳の奥で響《ひび》いていた。

寝台に上半身を起こし、着ている服の胸元《むなもと》を握《にぎ》り締《し》める。一つ大きく息をつくと、すぐ傍《そば》から、

「ここはアルカスだ。寝惚《ねぼ》けるな」

という男の声が聞こえてきて、ビクッと顔を上げた。

アルカス……？

寝台の脇《わき》に立って、呆《あき》れた表情で礼渡を見下ろしているのは、緑の瞳と銀色の髪《かみ》を持つ美形の男だ。

「目が覚めたか？　朝食だ。私は廊下《ろうか》に出ているから、これに着替《きが》えろ」

「あ……セネカ？」

まだ現実に立ち戻《もど》っていない礼渡は、寝惚け眼《まなこ》に違いない。

目が合った男……セネカは、仕方ないとでも言いたそうな微笑《びしょう》を浮かべてベッドの端《はし》に着替えだという布を置く。

廊下に出ていると言ったセネカの背を見送り、一人きりになったところで再び大きく息をついた。

「そっか。アルカス……。なんか……変な夢、見た？」

眠る前に、ゴチャゴチャと考えていたせいだろう。

アルカスの皇帝、ガイウスが金色の虎に姿を変えるなど、まるきりファンタジーの世界とし

か思えない。

しかも、それを目《ま》の当たりにした自分が、ただひたすら『綺麗だ』と感じたことは……夢とはいえ変な話だ。

言葉もなく立ち尽《つ》くしたのは、猛獣に対する恐怖ではなく、神格に等しい美しさを目の当たりにした畏《おそ》れだった。

あの金色の虎の瞳が、礼渡を真っ直《す》ぐ見据《みす》えていたガイウスの瞳と同じ色だったのは、それだけ印象が強烈だったということか。

一国の皇帝《こうてい》という存在とあれほど近くで接したのは、初めてだった。

民《たみ》の上に立つ存在としての風格が漂い、確かに、崇《あが》められるべき高貴な空気を全身に纏《まと》っていた。

歳は聞いていないけれど、自分とそれほど離《はな》れているとは思えないのに、あの肩《かた》には国と民を担《にな》っている。

「着替え……か。朝食の席では、ガイと顔を合わせるんだよな」

両手で頬を叩《たた》くと、軽く頭を振って金色の虎の残像を追い出す。

あんなの、ただの夢だ。寝起きのぼんやりとした頭がクリアになり、活動を始めればすぐに忘れるだろう。

「ボケてる場合じゃない。しっかりしろ！　おれは、姫《ひめ》……で、ガイの嫁《よめ》候補。今更《いまさら》かもしれないけど、女のふりをしないと。あとは、タイミングを見計らって大ちゃんに連絡《れんらく》したい……

って頼んでみる、と」

自分の役割、しなければならないことを口に出して自身に言い聞かせると、セネカが置いて行った布に手を伸《の》ばした。

《四》

見事な石造りの宮殿《きゅうでん》内を歩き、いくつか廊下を曲がり……「ここだ」とセネカに案内されたのは、夕食が用意された広間より少し手狭《てぜま》な部屋だった。東向きに位置しているのか、窓からは眩《まばゆ》い朝陽《あさひ》が差し込んでいる。

「アヤト。アルカスの夜は、どうだった？　よく眠れたか？」

室内に足を踏《ふ》み入れた礼渡と目が合ったガイウスは、微笑を浮かべて当然のように手を差し伸べてくる。

それが皇帝の席なのか、昨夜《ゆうべ》も見た大きな濃紺《のうこん》のクッションに腰《こし》かけていた。

「……ん。快適なベッドのおかげで」

小さくうなずく。

寝入るのに時間がかかったし、変な夢を見てしまったので寝覚めはあまりよくなかったけれど、寝台の寝心地《ねごこち》は悪くなかった。

ガイウスの手を取るべきか迷った礼渡は、心の中で「おれは姫」とつぶやいて、そろりと手のひらに指を乗せる。

「うわっ」

礼渡の躊躇《ためら》いなど一蹴《いっしゅう》するように、その指をグッと握り込んで強く引かれ、ガイウスの腕《うで》の中に抱《だ》き込まれた。

驚《おどろ》きのあまり、ドクドクと心臓が鼓動を速めている。ガイウスは硬直《こうちょく》する礼渡を腕に抱き、マイペースで口を開く。

「好きな物を食せ。夕餉《ゆうげ》の席では、果物を好んでいたな。セネカ、先日のアレが、そろそろいい熟《う》れ具合だろう」

さすがに夕食よりは簡素だが、色とりどりの糸が編み込まれた織物にズラリと並べられた皿には、様々な料理が盛られている。

ガイウスは、夕食の場で礼渡が果物を選んで口にしていたのをしっかり見ていたらしい。リンゴのようなものや洋梨《ようなし》らしきものが載《の》った皿を引き寄せて、セネカに声をかける。

「御意《ぎょい》。……北の食料庫だ。熟れるのを待っていたが、確かにそろそろ……」

恭《うやうや》しくうなずいたセネカは、近くに膝《ひざ》を突《つ》いていた女官に話しかけながら部屋を出て行く。

礼渡に対するガイウスのそんな気遣《きづか》いは、意外だった。本気で、丁重《ていちょう》に扱《あつか》ってくれようとしているのだと伝わってくる。

「わざわざ、取りに行かせなくても……」

ガイウスを騙《だま》し、姫のふりをすると決めたのに、罪悪感を刺激《しげき》しないでほしい。

同性の腕の中ということ以上に、心情的に居心地が悪くてガイウスから離れようと身動《みじろ》ぎをする。

けれどガイウスは、礼渡を解放してくれない。左腕を腰に回して密着したまま、右手に持った銀の皿を差し出してくる。

「俺が、アヤトに食させたいだけだ。甘いのと酸《す》いのと、どちらが好みだ。酸いとはいっても、あの実よりは甘いが」

石壁《いしかべ》を背に控《ひか》える、十人近い侍従《じじゅう》たちの目もある。頑《かたく》なな態度で邪険《じゃけん》に拒《こば》み続けるのも不自然だろうかと、仕方なく答えた。

「……ガイの好きなのは、どれ？」

「そうだな……では、こちらを」

少し考えてガイウスが手に取ったのは、桃《もも》に似た色合いの実だ。野球のボールくらいの大きさだが、礼渡は名前を知らない果実だった。

「ガイウス様。そのようなことは、我々が」

「手を出すな。俺が、アヤトにしてやりたいのだ」

女官が進み出たのを片手で制して、ガイウスが長い指でゆっくりと薄《うす》い皮を剥《む》く。

困惑《こんわく》した表情の女官をよそに、ガイウスは端整《たんせい》な顔に楽しそうな微笑を浮《う》かべて、手際《てぎわ》よく薄い皮を剝いた。

やはり桃に似た乳白色の果実が姿を現し、透明《とうめい》の果汁《かじゅう》が溢《あふ》れ出す。

「この部分から、二つに割れる。……アヤト」

やわらかそうな実に指を食い込ませて、器用に二つに割った。片方を差し出されて、反射的に手を出そうとしたけれど、口元に運ばれる。

「このまま口に。手が汚《よご》れる」

「…………」

二つに割るため指を食い込ませたせいか、乳白色の実が崩《くず》れ落ちそうになっているのが目に映り、思い切って齧《かじ》りついた。

やわらかな実は……甘い。

見た目の印象通り、桃に似た味だ。白桃《はくとう》より少し酸味が強いけれど、水分たっぷりの実は素《す》直《なお》に美味《おい》しいと感じた。

「どうだ？」

「甘い。美味しい」

顔を覗《のぞ》き込んできたガイウスに、短く答える。ずいぶん無《ぶ》愛想《あいそ》な返事だったはずだが、「それはよかった」と嬉《うれ》しそうに笑った。

無邪気《むじゃき》と言っても差し支《つか》えのない笑顔《えがお》を目にした礼渡の頭に、ふと予想より若いのではないかという疑問が浮かんだ。

勝手に、二つ三つ上かと思っていたけれど……。

「ガイ、って……いくつ？」

「年齢《ねんれい》か？　十九だ」

「じゅ……っ、きゅう……。ホントに？」

ガイウスがサラリと口にした「十九」の一言に、目を瞠《みは》って驚きを表す。

この、尊大……いや、威風堂々《いふうどうどう》とした雰囲気《ふんいき》の『皇帝』が、十九歳だと？　アルカスではどうか知らないが、日本だと未成年だ。

「何故《なぜ》嘘《うそ》だと思う。おまえに嘘を告げる理由がない。……目が真ん丸だぞ、アヤト。それほど驚くことか？」

クスリと笑いながら、目尻《めじり》を指先でつつかれる。

その仕草も、表情も……口調まで余裕《よゆう》のあるもので、とてもではないが三つも年下だとは思えない。

「驚くよっ。おれより、三つも年下……なんて」

「なんだと？　俺は、アヤトが年上だということに驚いたぞ。十六、七だとばかり……冗談《じょうだん》ではないよな？」

互《たが》いに互いの年齢に驚き、顔を突《つ》き合わせてマジマジと見詰《みつ》める。

証明する術《すべ》などないのだから、疑いを残しつつ本人の言い分を信じるしかない……のは、お互い様か。

「お待たせしました。ガイウス、こちらを」

「あ……」

セネカの声に、ハッと現実に立ち戻《もど》る。

そっと目の前に置かれた銀の皿には、つるりとした黄色い皮の果実が鎮座《ちんざ》していた。

ラグビーボールを一回り小さくしたくらいのサイズで、礼渡が知っているものだと、瓜《うり》とか網目《あみめ》模様のないメロンに似ている。

「誰《だれ》か」

セネカが控えている女官に合図をすると、並んでいた一人がスッと膝を突いて小型のナイフで実を半分に割る。

真ん中に種が密集しており、濃《こ》いオレンジの果肉とふわりと立ち上った甘い香《かお》りは、外観の印象通りメロンに近い。

女官が手際よくサイコロ状に切り分けていき、半割りにした果実の皮を器《うつわ》にして果実を盛る。

そこに手を伸《の》ばしたガイウスは、一口サイズになった実を指で摘《つ》まんだ。

「……よく熟れているな」

指を伝い落ちた果汁をチラリと舐《な》め、オレンジの実を口に含《ふく》み……前触《まえぶ》れも予告もなく、礼渡の頭を引き寄せる。

「え……ッ！」

目の前が翳《かげ》り、唇《くちびる》を塞《ふさ》がれて……果実の濃密《のうみつ》な甘さが舌の上に広がった。酸味はなく、まるで濃縮《のうしゅく》された蜜《みつ》のような、蠱惑《こわく》的な甘みだ。

「どうだ？　口に合うか」

顔を離《はな》したガイウスが、果汁で濡《ぬ》れた礼渡の唇の端《はし》をペロリと舐める。

あまりのことに唖然《あぜん》としていた礼渡は、その感触《かんしょく》で我に返った。瞬時《しゅんじ》に、カーッと首から上が熱くなるのを感じる。

「甘い……けど、自分で食べるよっ」

ガイウスから顔を背《そむ》けて、厚みのある肩《かた》に手を突っ張《ぱ》って距離《きょり》を置く。

信じられない。こんなことを自然にやってのける……色事に手練《てだ》れのエロオヤジみたいな男が、十九歳だと？

手の甲《こう》で唇を拭《ぬぐ》っても、口腔《こうこう》に満ちる甘蜜の余韻《よいん》が、ガイウスの口づけをまざまざと思い知らせてくる。

唇を噛《か》むアヤトを見ていたガイウスが、とんでもない台詞《せりふ》を吐《は》いた。

「ずいぶんと初心《うぶ》な反応だ。二十二だと言っていたが……男の肌《はだ》を、まだ知らないな？」

言葉の終わりと同時に、スルリとうなじを撫《な》でてくる。ザワッと背筋を悪寒《おかん》に似たものが這《は》い上がり、肩を震《ふる》わせた。

「当たり前だろっ！」

無遠慮《ぶえんりょ》なガイウスの手を、反射的に振《ふ》り払《はら》いながら言い返した。

頬《ほお》が熱い。

男の肌を？　そんなもの、知っていてたまるか。大きな声では言えないが、女も……威張《いば》れるほどは知らないのに。

「それはなにより」

クスリと笑われて、墓穴《ぼけつ》を掘《ほ》ってしまったのではないかと視線を泳がせた。バカ正直に答えたせいで、意図せずガイウスを喜ばせてしまった気がする。

もし、経験豊富でヤリまくっていると言っていたら……皇帝《こうてい》のお相手には不適格だと花嫁《はなよめ》候補からは外されたかもしれないが、用無しとばかりに密林に放《ほう》り出される可能性もあるか。

女のふりをしようと決意したのはいいけれど、どう振る舞《ま》うのが正解なのか、よくわからなくなりそうだ。

単純な性格だなどと、友人たちに言われるまでもなく、礼渡も自覚している。

もともと直情型で計算することは苦手なのだから、いつか大きなボロを出すのではないだろうか。

「アヤト？　パンはどうだ。アルカスの外の人間だと、こちらのほうがいいか。薄焼《うすや》きのパンに、チーズを挟《はさ》むと食べやすい。ヤギではなく、牛の乳で作ってあるものだ。あと、ワイルドベリーのジャム」

薄焼きのクレープのようなものを手のひらに置き、チーズだという乳白色の塊《かたまり》がいくつも並ぶ銀皿を引き寄せる。パンにチーズとジャムを載《の》せ、慣れたふうにクルリと巻いて差し出されて反射的に受け取った。

ガイウスは、礼渡が口をつけるのを待っているようだ。ジッと見詰められ……思い切って齧りついた。

「あ……美味しい」

口に合わなくても吐き出すな、無理やり飲み込め……と悲壮《ひそう》な覚悟《かくご》をしていたけれど、予想よりずっと美味しかった。

塩気のある薄《うす》いパンはブリトーの生地《きじ》みたいで香《こう》ばしく、酸味のあるチーズはクリームチーズのようだ。ジャムは甘酸《あまず》っぱく、よく知っているブルーベリージャムに近くてすんなりと食べられる。

水分の少ないパンだけだと、モサモサして飲み込みにくそうだし、ヤギのチーズは食べたことはなくても癖《くせ》が強いと聞いたことはある。

ガイウスはきっと、礼渡が食べやすいものを選んで組み合わせてくれたのだろう。

でも、どうして？　という疑問が湧《わ》いて、首を捻《ひね》る。

「……アルカスの外の人間だと、って……ガイは、なんでそんなのを知っている？」

そっと隣《となり》を見上げて疑問を口にすると、ガイウスはかすかな笑みを浮《う》かべて答えた。

「三年前に皇位を継《つ》ぐ前、学ぶため外国に出ていたことがある。カザフスタン……イラン、トルコに東ヨーロッパから西ヨーロッパまで。……俺の母は、ルクセンブルク出身だ。遺骨を祖国に還《かえ》したかった。セネカと共に、各地を渡《わた》り歩いて見聞を広めた」

ルクセンブルク？　あまり馴染《なじ》みのない国だ。

……世界地図を思い描《えが》いても、地理や世界史の学習を怠《おこた》った礼渡にはぼんやりとしかわからない。

ヨーロッパのどこか、と曖昧《あいまい》なものしか浮かばなかった。

ただ一つ確かなのは、ガイウスが、外国人との混血だろうという予想が正解だったということだ。

そして、アルカスの外を知っているから「アヤトが食べられるもの」を選べるのだろう。

この、現代社会から隔絶《かくぜつ》されたような密林の奥で、古《いにしえ》の伝統を守って暮らす民族。異世界のようだと思っていたのに、ガイウスは広く外国を知っていて……なにかと不便なここに、戻ってきた？

なんとも不思議な感じだった。自分に置き換《か》えれば、文明的な生活を知ってしまったら、密林の奥には戻ろうとしないかもしれない。

「ガイは、外の国を知って……そっちの暮らしのほうがいいとか、思わなかった？」

不敬と言われても仕方のない無遠慮な質問だったはずだが、ガイウスは不快感を表すことなく礼渡に答える。

「愚問《ぐもん》だな。当時の俺は、皇太子だった。いずれ、アルカスを背負う責任がある。母の遺骨を祖国に送ることと、異国の視察という目的は果たした。医療《いりょう》などの必要なものは取り入れて、不要なものは持ち込まない。発達した文明はよきことばかりではないし、アルカスの民《たみ》も望んでいない。ここの生活に不満のある者は、都会に出て行けばいいだけだ」

迷いの欠片《かけら》もなく口にしたガイウスに、もうなにも言えなかった。

責任……か。

今、十九歳だという年齢《ねんれい》が本当なら、外国を周遊した当時のガイウスは十代の半ばだったはずだ。

その年齢で、的確に物事を捉《とら》えて自らの責任を自覚するのは……普通《ふつう》ではないと、礼渡にもわかる。

気負わず、当然だと一国を背負うことを自らに課すガイウスに、皇帝という地位に相応《ふさわ》しい風格を感じて言葉を失う。

「アヤトがどこの姫《ひめ》かは知らないが、アルカスも悪くはないぞ」

ふっと唇に微笑《びしょう》を浮かべたガイウスが、礼渡の肩を抱《だ》き寄せる。耳元に唇を押しつけられて、慌《あわ》てて身体《からだ》を逃《に》がした。

「ちょ……と、待て。でも、それなら……おれが外国で行方《ゆくえ》不明になったら大騒《おおさわ》ぎになるって、わかるよな？　はぐれた人に連絡《れんらく》したいから、通信手段があるっていう村まで連れて行ってもらいたいんだけど」

なにをしていたのだろう。のん気に、朝食を食べている場合ではない。

自分の能天気さに眉《まゆ》を顰《ひそ》めて、叔父《おじ》と連絡を取りたいと訴《うった》えたけれど……ガイウスは、スッと表情を消して不快感を表す。

「なにを、そう急ぐ？　異国に嫁《とつ》ぐことは、さほど珍《めずら》しくないだろう」

「それはっ、おれが」

女だったら、で……と、ギリギリのところで続きを呑《の》み込む。今は、まだダメだ。男だと知られないほうがいい。

アルカスの領域に入ったのだから従えと傲慢《ごうまん》に言っていたかと思えば、食を始めとした習慣を押しつけようとはせず……外部の人間である礼渡に対する気遣《きづか》いを見せる。

皇帝という言葉から連想する、身勝手な傲慢さは感じられず……大切に扱《あつか》われているのがわかる。

あの、『皇帝の実』を口にした人間は、それほど重要な存在なのか？　今はなんとか姫のふりをしているけれど、万が一、男だとバレた時の落差が……怖《こわ》い。

なにも言えなくなった礼渡が唇《くちびる》を引き結んで睨《にら》んでいると、ガイウスは苦笑《くしょう》を滲《にじ》ませて嘆息《たんそく》した。

薄茶色《うすちゃいろ》の髪《かみ》を搔《か》き上げて、礼渡の肩から手を離《はな》す。年下のくせに、「仕方のないヤツだ」と言わんばかりの余裕《よゆう》だ。

「食事中だ。話は後にしよう。ほら、このスープも飲め。肉は？　葉に包んで蒸《む》してあるものは鳥で……そちらの焼いているのはトカゲ、これはワニの干し肉だな」

「う……鳥でお願いします」

地域独特の食文化を否定はしない。が、果敢《かかん》にチャレンジする気もない。

できれば、どれも辞退したいところだが、せっかくガイウスが勧《すす》めてくれたのだからなにかしら口にしなければ失礼かと思い直し、一番無難そうな鳥を選ぶ。

「鳥か。ほら」

「……ご丁寧《ていねい》に、どうも」

ガイウスが取り分けてくれた鳥の蒸し物は、こうして見る限り変わったものではない。慣れ親しんだ、チキンと同じ身の色と匂《にお》いだ。

「しっかり食え」

「うん」

トカゲやワニ肉から目を逸《そ》らして頬《ほお》を引き攣《つ》らせた礼渡に、ガイウスがクスリと笑ったところを見ると……トカゲやワニを指し示したのは、わざとかもしれない。

子供のようなからかい方に、礼渡が予想通りの反応をしたから楽しそうなのだ。なかなか、イイ性格をしている。

年齢不相応に大人びているとばかり思っていたが、十九歳だという歳に初めて納得《なっとく》することができた。

シンプルな塩味の鳥肉を齧《かじ》っていると、ガイウスが『ワニ』を手にしながら口を開いた。

「あとで、アヤトが知りたいことはなんでも話してやる。毒のある虫や木の実の見分け方を始め、ここに嫁ぐからには必要な知識がいくつもある」

「あ……ありがたい、です」

毒虫やらの見分け方を教えてくれるのは、確かにありがたい。続く『嫁ぐからには』という言葉は、聞かなかったことにしよう。

その後も、ガイウスは礼渡が食べやすそうな食べ物を次々差し出してくれたけれど、雛《ひな》に餌《えさ》を運ぶ親鳥のようなかいがいしさの理由が、『抱き心地《ごこち》をよくするため』だろうと思えば、なんとも複雑な気分だった。

□□□

朝晩は豪華《ごうか》な食事が用意されていたけれど、アルカスではきちんとした昼食を摂《と》る習慣はないようだ。

礼渡にアルカスのことや周辺の密林についての注意点を語ったガイウスは、昼過ぎに軽食のフルーツだけを口にして「執務《しつむ》だ」と言い残し、姿を消した。

叔父に連絡したいから、通信手段のある村まで連れて行ってくれ……という頼《たの》みは、朝食の最中にはぐらかされたきり、切り出す隙《すき》を与《あた》えてくれなかった。

ガイウスから聞くアルカスの話は珍しく……好奇心《こうきしん》を刺激《しげき》され、そちらに夢中になってしまった自分にも非があることは、わかっている。

セネカもガイウスと共に見えなくなり、女官や衛兵には遠巻きにされていて……雑談につき合ってくれそうな相手はいない。

手持ち無沙汰《ぶさた》になった礼渡は、宮殿《きゅうでん》内とその周りを散策させてもらうことにした。密林に入らなければ、危険はないはずだ。

「生活用水は湧《わ》き水って言ってたから、池も、自然に湧いているんだろうな。キレーな水……」

宮殿の敷地内《しきち》には、立派な井戸《いど》らしきものが見える。それとは別に大きな池があり、澄《す》んだ水がたっぷりと満ちていた。

礼渡が飲んだものは、この湧き水だろう。ろ過や煮沸《しゃふつ》されているかどうかは聞いていないけれど、腹具合が悪くなる様子はないので、鮮度《せんど》がよく清潔な水に違《ちが》いない。

基本は自給自足で、時おり周辺の村と物々交換《ぶつぶつこうかん》することで、ここでは作れないものを入手している。

ナイフや食器、調理器具を始めとして、布地や糸もそうして得て、女たちが織ったり編んだりすることで衣服や敷物に加工していると聞いた。

ガイウスに聞いた話によれば、ランプの燃料はバイオマスエタノールらしい。学生時代にその分野を専攻《せんこう》していた礼渡にとって、とてつもなく興味深く……次々と質問を繰《く》り出してガイウスに苦笑されてしまった。

「興味を持っても、どうせすぐ出て行くし……深入りしないほうがいいよな」

ガイウスの話を思い出しながら、ぶらぶらと歩き……目的の場所に辿《たど》り着く。

こうして見る限り、やはりこの美味《おい》しそうな紅《あか》い実に、猛毒《もうどく》があるとは思えない。

「えっと、おれがここに出た時に……女の人たちは、あっちから来たんだよな」

三本並んでいる果樹が、あの位置なのだから……たぶん、このあたり。振《ふ》り返って木の位置を確認《かくにん》しながら、わさわさと茂《しげ》る草の葉を掻き分けた。

「アヤト様、そちらは危険です。人を丸呑《まるの》みにする大蛇《だいじゃ》の塒《ねぐら》がありますゆえ、お近づきになりませんよう」

「っ！」

背後から聞こえてきた女性の声に、ビクッと肩《かた》を強張《こわば》らせて動きを止めた。

コッソリと宮殿を出たつもりだったのに……いつから見られていたのか、わからない。

声をかけられるまで、気配を感じなかった。

「私は、アヤト様を護衛するように言いつかっております。アヤト様を危険な目に遭《あ》わせたとあれば、私がお叱《しか》りを受けます」

「……わかった」

素直《すなお》に草から手を引いて、槍《やり》を脇《わき》に携《たずさ》えた女性に向き直る。

護衛、か。監視《かんし》の間違《まちが》いではないだろうか。

年齢《ねんれい》的には、自分と変わらないように見える。半袖《はんそで》の衣服から伸《の》びる腕《うで》は筋肉に覆《おお》われ、こんがり日に焼けており……やはりアルカスの女性は、礼渡より逞《たくま》しい。

「おれが落ちた崖《がけ》のところから、ここまで小道が延びていたんだけど……見つからなくて。荷物を捜《さが》しに行きたいんだ」

あそこからここまで、それほど長く歩いていない。トレッキングシューズは片方しか履《は》いていなかったし、引き返すことができるように振り返りながら密林を進んだのだ。きっと、崖下まで行くのはそう難しくないはず。

そう思いながら訴《うった》えた礼渡に、彼女は無表情で淡々《たんたん》と答えた。

「そちらに崖など、ございませんが。アルカスから一番近いリーヴルの村までは、反対側の小道を使います。この外は、未開の密林です」

「え……でもっ、おれは確かにこっちから来て……」

「崖も、小道もございません。……皇帝《こうてい》の実が、密林を彷徨《さまよ》うアヤト様を呼んだのかもしれません」

真顔で語られた言葉が、冗談《じょうだん》なのか……礼渡の逃亡《とうぼう》を防ぐための方便なのかは、判別がつかない。

ただ、道などないと言いながら槍の柄《え》の部分で掻き分けられた先は……確かに、人の侵入《しんにゅう》を拒《こば》むかのように棘《とげ》のある草や倒木《とうぼく》が立ち塞《ふさ》がっていた。

礼渡がここに辿り着くのは容易ではなかったけれど、足元に気をつけながらも歩くことができたのに。

行く手を遮《さえぎ》る倒木や大小さまざまな石、棘のある草などは存在しなかったはずだ。草がなぎ倒《たお》され、小道らしきものが存在した。

「カーテンみたいな蔦《つた》の葉をくぐったら、ここ……だったんだけど」

「ご自身で、確かめられますか？」

槍を手《て》渡《わた》されて、迷わず受け取った。

尖《とが》った先端《せんたん》部分で草を薙《な》ぎ、顔くらいありそうな緑の葉を散らし……でも、小道らしきものは存在しない。

「なん……で」

呆然《ぼうぜん》とつぶやいたところで、少し離《はな》れたところからザワザワと大勢の人の声が聞こえてきた。方角的に、宮殿のあたりだ。

耳を澄ましていた女性が、ふっと表情を険しくする。

「アヤト様、私から離れられませんよう」

女性に庇《かば》われるのはみっともないが、ここでの礼渡は完全な庇護《ひご》対象だ。姫《ひめ》のふりなど、意識しなくてもそれらしく見えるほど……。

早足で歩く女性の後を遅《おく》れないよう小走りで追い、宮殿へと向かう。

宮殿の入り口部分、石畳《いしだたみ》の広場のようになっているところで、大勢の男女が輪になっていた。なにかを囲んでいる……？

セネカが、その輪から少し離れたところに立っている。

「アヤトは？」

「はい。こちらに」

セネカに答えた女性の背後から礼渡が顔を出すと、ホッとしたように銀色の髪《かみ》を揺《ゆ》らしてうなずいた。

「ご苦労。……アヤト。あの者に憶《おぼ》えはあるか？」

「え？　あ……あっっ！」

あの者、とセネカが指差した先……武器を持った人々に取り囲まれている男を目にした瞬間《しゅんかん》、礼渡は驚愕《きょうがく》の声を上げる。

「大ちゃん！」

「礼……渡？」

呼びかけに顔を上げた男が、礼渡の姿を目にして素早く立ち上がる。輪になっている衛兵たちのあいだをすり抜《ぬ》けて、体当たりする勢いで駆《か》け寄った礼渡を両腕《りょううで》で抱《だ》き留《と》めると、バンバンと背中を叩《たた》いてきた。

「無事だったんだな、アヤ！　はー……よかったぁ」

間違いない。

アヤという愛称《あいしょう》で呼ぶのは叔父《おじ》だけだし、背中を叩くのも慣れ親しんだ仕草だ。

少し手荒《てあら》い抱擁《ほうよう》だけれど、叩かれた背中の痛みが、夢や幻《まぼろし》ではなく現実なのだと礼渡に実感させてくれる。

昨日から張り詰《つ》めていた緊張《きんちょう》が、一気に萎《しぼ》みかけたところで……低い男の声に、気を引き締《し》め直す。

「なんの騒《さわ》ぎだ」

ガイウスの声だ。

宮殿前の広場での喧騒《けんそう》に、様子を見に来たのだろう。

ザッと衛兵の輪が左右に割られ、武器と頭を下げた人々のあいだに道ができる。顔を上げたままなのは、礼渡と叔父、少し離れたところにいるセネカだけだ。

「……アヤト。その者は？」

ゆったりとした大股《おおまた》で礼渡たちの前まで歩いてきたガイウスは、叔父をジロリと睨《にら》みつけながら口を開いた。

その眼力に負けたわけではないと思うけれど、礼渡の背中を抱いていた叔父の手から自然と力が抜ける。

礼渡は叔父から一歩距離《きょり》を置いて、ガイウスに向き直った。

「あ……ガイ。おれの、叔父……身内なんだ。はぐれていたけど、どうして……大ちゃん、なんで、おれがここにいるってわかったんだ？」

スマートフォンは携帯《けいたい》していないし、アルカスから出ることを許されなかったせいで連絡《れんらく》できていない。

何故《なぜ》、ここに礼渡がいることがわかったのだろう。礼渡が辿った小道は見当たらなかったのに、どうやって辿り着いたのか……不思議だ。

改めて叔父に詰め寄ると、「落ち着け。俺もよくわからん」と難しい顔で口を開いた。

「密林でおまえを捜していたら、人影《ひとかげ》が見えて……夢中で追いかけたら、ここに出た。おまえがいることを、知っていたわけじゃない。いきなり槍を突《つ》きつけられて、ビビってたところだ。つーか……おまえ、言葉が通じているのか？　英語やロシア語……キルギスの言葉でもないよな。何語だ？」

怪訝《けげん》そうに尋《たず》ねられ、叔父にはここの言葉が理解できないのだと悟《さと》った。やはり、自分が普《ふ》

通《つう》に会話をしていることは一種の超常《ちょうじょう》現象らしい。

現実と、非現実が混じり合っているかのような……不思議な感覚に包まれる。

「大ちゃん、おれ……なんか、変なことになったかも」

途方《とほう》に暮れた気分で、叔父の着ているシャツの肘《ひじ》あたりを摑《つか》む。

心強い、絶対的な味方の登場なのだ。離してなるものかと、指に力を入れた。

「変な？　って、なにが……？」

聞き返してきた叔父の声が、緊張を帯びる。

あれこれ話したいけれど、簡単には説明できそうにない。昨日からの経緯《けいい》を、どこからどう伝えようか思案していると、

「……アヤト、宮殿《きゅうでん》内へ。アヤトの身内だというその男も、立ち入りを許可する」

すぐ傍《そば》で礼渡と叔父のやり取りを見ていたガイウスが、感情の窺《うかが》えない声でそれだけ口にして踵《きびす》を返した。

確かに、この場……武器を携帯した衛兵たちに周りを囲まれている状況《じょうきょう》では、落ち着いて話ができない。

宮殿へ戻《もど》っていく背中に向かって、

「あ、ありがと……ガイ」

なんとか礼を告げる。聞こえていたはずだけれど、ガイウスは振《ふ》り返ることなく石の階段を上がっていった。

叔父には悪いが、ガイウスたちにとっては不審人物《ふしん》のはずだ。でも、礼渡が身内だと語ったから宮殿への立ち入りを許してくれたに違《ちが》いない。

ガイウスの背中が視界から消えるまで見送り、ふっと息をついて叔父を見上げる。

「宮殿の主《あるじ》が、中に入っていいって。とりあえず……入ろう。喉《のど》は渇《かわ》いてない？　水、持ってきてもらうから」

「ああ……疑問っつーか、おまえに聞きたいことは山ほどあるが、そうだな。危険はなさそうだし、少し落ち着いて話すか」

右手を上げてボリボリと自分の頭を掻《か》いた叔父は、仄《ほの》かな笑《え》みを浮《う》かべて礼渡を見下ろし、大きな手を頭に置いた。

「怪我《けが》とか、ないな？」

「うん。迷惑《めいわく》……心配かけて、ごめん」

ほんの少し頭を下げた礼渡に、叔父は無言だ。けれど、無事でよかったと髪を撫《な》で回した手が語っている。

「一人で、よく頑張《がんば》ったな」

改めて叔父の思いが伝わってきて、唐突《とうとつ》に泣きたくなるほどの安堵《あんど》が込み上げてきた。

これまで張り詰めていた緊張の糸が、呆気《あっけ》なく切れてしまいそうだ。

でもまだ、気を抜ききってはダメだ。状況を説明しなければならないし、叔父に聞きたいこともある。

礼渡は、自分にそう言い聞かせてグッと奥歯を噛《か》み締めると、頭に置かれた叔父の手から逃《に》げる。

「こ、こっち」

うっかり潤《うる》みそうになった目を誤魔化《ごまか》したくて、そそくさと叔父に背を向けて宮殿へと続く石段に向かった。

《五》

礼渡と叔父が並び、その前にガイウスとセネカが座する。

叔父は繊細《せんさい》な織りの美しい敷物《しきもの》に興味を惹《ひ》かれるらしく、しきりに「コレ、尻《しり》の下に敷《し》いてもいいものなのか？」と気にしていた。

「アヤトの身内と言っていたな？」

セネカが英語で話しかけると、叔父はハッとしたように顔を上げた。並んでいるガイウスとセネカを交互《こうご》に見遣《みや》り、うなずく。

「……あ、ええ。西本大貴です。英語……を？　見たところ、あなた方二人はこの地域の人たちと外見の特徴《とくちょう》が異なるようですが……外国人ですか」

ガイウスにジッと見詰《みつ》められていながら、物怖《ものお》じすることなくズケズケと聞けるあたり、さすがだ。

礼渡は、初めてガイウスと顔を合わせた時、気圧《けお》されて言葉を失ったのに……叔父は普段《ふだん》どおりに見える。

母は「神経が図太いのよ。だから、よくわかんない外国をうろつけるんでしょ」と嘆息《たんそく》するが、いいように言えば肝《きも》が据《す》わっている。

「セネカは、アルカスの人間ではない。俺は……母が外国人だった」

ガイウスの答えに、叔父《おじ》は小さくうなずいた。

そして、ポンと礼渡の頭に手を置く。

「礼渡を保護してくださったようで、ありがとうございました。密林で見失った上に、連絡もつかなくて……アヤ、スマホはどうした？　電源が入っていなかったが。その服は、ここのものか？」

頭から足元まで視線を走らせた叔父は、不思議そうに尋ねてくる。

服も、草を編んで作られた編み上げのサンダルも……明らかに、礼渡が携行《けいこう》していたものではないせいだろう。

「うん。おれ、崖《がけ》から転げ落ちて……ザックとかスマホ、失《な》くしたんだ。ここに辿《たど》り着いたのは偶然《ぐうぜん》だけど、暗くなる前にここに来られていなかったら死んじゃってたかも……」

「そうか。……本当に、感謝します」

英語で口にした叔父は、ガイウスとセネカに向かって改めて深く頭を下げておいて、日本語で礼渡に質問を重ねた。

「ここはなんだ？　集落……と呼ぶには、立派過ぎるな。石造りの宮殿に、ここまで連れて来られるあいだに通った道もきちんと小石で舗装《ほそう》して整備されていたし……人々も統制されている。まるで、一つの立派な国家だ」

「おれも、よくわかんないんだけど……アルカスっていう、国みたいだ。おれが、ここの言葉を理解できるのは、……笑わない？」

「話す前に言うなよ。とりあえず、聞かせろ」

チラリとガイウスたちに目を向けたけれど、ジッとこちらを見ているだけだ。礼渡と叔父の会話に、口を挟《はさ》む気はないらしい。

二人に、日本語は理解できないはず……。そうわかっていても、真っ直《す》ぐ見詰められると居《い》心地《ごこち》がよくない。

「崖から落ちた、って言ったよね。運よく木や草をクッションにして転がり落ちて、擦《す》り傷とか打ち身程度で済んだんだ。ザックとかスマホは気がつけばなくなってて、捜《さが》したけど見つからなくて途方に暮れた。どうすればいいか……迷ったけど、人が通った跡《あと》らしきものを見つけて、密林の中に向かった。歩いてるうちに、ここに辿り着いて……」

時系列に沿ってポツポツ話す礼渡の言葉を、叔父は黙《だま》って聞いている。

ガイウスとセネカも無言で、自分だけが話し続けるという状況に居心地の悪さを感じながら、言葉を続けた。

本来は猛毒《もうどく》なはずの紅《あか》い実を、そうと知らず口にしたこと。

同じ実から造ったという酒を飲まされた直後から、ここの言葉を話したり理解できるようになったこと。

何故《なぜ》か礼渡には毒が効かなくて、無事だったせいで『特別な存在』と言われ、皇帝《こうてい》だというガイウスの花嫁《はなよめ》候補として丁重《ていちょう》に扱《あつか》われていること……。

そこまで語って叔父を窺い見ると、眉間《みけん》に縦皺《たてじわ》を刻んで思案の表情を浮かべていた。

「つまり、おまえは女……どこぞの姫《ひめ》だと思われてる、ってことか」

「う、うん。騙《だま》すのは悪いけど、誤解を否定せず女のふりをしていたほうが都合よさそうだな、って思って」

チラリと横目でガイウスを見遣り、視線が絡《から》む前に敷物に目を伏《ふ》せる。

ガイウスとセネカには、日本語の会話は理解できないと思いつつ、大きな声で語るには憚《はばか》られる内容なので声を潜《ひそ》めてしまった。

ガイウスが礼渡に優《やさ》しいのは、花嫁候補……姫だと思われているからだ。騙しているという罪悪感で、胸がチクチク痛む。

うつむいた礼渡をよそに、叔父は割り切った声で「正解だ」と零《こぼ》した。

「とりあえずは、それが最善策だろうな。……アルカス。ガイドが語る、幻《まぼろし》の国家ってやつか。実在したんだな」

「あ……あの、金色の虎《とら》が皇帝の始祖……って話の？　やっぱり、ここのことだったんだ！」

叔父の言葉に、意識せず声のトーンを上げた。

農作物と清潔な水に恵《めぐ》まれた、楽園のような伝説の土地。

皇帝の始祖は、黄金の虎。

そして、毒のある実を無毒化できるのは、皇族のみ。

何度か思い浮かんでは、夢物語だと打ち消して……でもやはり、頭の隅《すみ》に引っかかっていたものだ。

符合点《ふごう》は多くても、まさかと思っていたのだが。

「さすがに、冗談《じょうだん》みたいな美形でも、皇帝は虎じゃなくて人間みたいだけどな。名前は、アルカスで間違《まちが》いないはずだ。目指しても辿り着けない、ごく一部の村とだけ交流のある秘境の集落……ってことだが、思っていたよりずっとスケールがデカいなぁ」

言葉を切った叔父は、なにやら思案している表情で、チラリとガイウスたちに視線を向ける。

話が途切《とぎ》れるのを待っていたのか、ガイウスが「話し合いは、もういいのか」と声をかけてきた。

「う、うん」

「間もなく陽《ひ》が落ちる。今夜は、ダイキと言ったか……そちらも休んでいけばいい」

「でもっ、迷惑《めいわく》じゃ」

ここで、もう一泊《いっぱく》する気はなかった。叔父と共に早々に出て行こうと思っていた礼渡は、慌《あわ》てて首を横に振《ふ》る。

固辞しようとしたけれど、ガイウスにジロリと睨《にら》まれて口を噤《つぐ》んだ。

「……夜闇《よやみ》の密林を彷徨《さまよ》いたいのか？」

夜の密林。

どこまで脅《おど》しかわからないが、毒を持った虫や大蛇《だいじゃ》、夜行性の猛獣《もうじゅう》が徘徊《はいかい》していると聞かされたのだ。

こちらをジッと見詰めるガイウスは、真顔だ。礼渡を脅して、からかおうという意図は感じ取れない。

ガイウスとの会話が聞き取れないだろう叔父と、視線を交《か》わす。内容はわからなくても、礼渡が表情を曇《くも》らせているせいか叔父の目にも不安そうな色がチラチラ見え隠《かく》れしていて、出て行こうという決意が萎《しぼ》む。

「う……お、お世話になります」

毒虫や大蛇、なにより叔父の目に負けた。苦い顔の礼渡は、ガイウスに向かってガックリと頭を下げる。

自分の忠告が聞き入れられたせいか、ガイウスは満足そうに笑《え》んでうなずいた。

「セネカ。ダイキの寝所《しんじょ》と……夕餉《ゆうげ》の準備を」

「御意《ぎょい》。アヤト、ダイキ、準備が整うまでしばし待たれよ。……ダイキの着替《きが》えを、用意させよう」

ガイウスとセネカが部屋を出て行くと、叔父と二人きりになる。

顔を見合わせて……同時に嘆息した。

「とりあえず、今夜はここに泊《と》まっていくことになった。……ガイたちの前では、おれは姫ってことでよろしく」

「ああ……頑張《がんば》って姫のふりをしろよ。そういや、結局その紅《あか》い実ってヤツはなんだろうな。人を死なせるほどの猛烈《もうれつ》な毒があるはずなのに、アヤに……皇族の血統にも無害か。実に興味深い」

「メチャクチャに酸《す》っぱいだけで、普通《ふつう》のラズベリーっぽかったけど。大ちゃんも、食べてみる？　ここの言葉が、わかるようになるかも。あ、でもあれは生の実じゃなくて、実で造った特別なお酒のせいかな。飲ませてもらえるように、頼《たの》んでみようか」

礼渡に無害なのだから、同じ日本人の叔父にも害はないかもしれない。なにより、もし言葉がわかるようになったら便利だ。

そう思って勧《すす》めた礼渡に、叔父は頰《ほお》を引き攣《つ》らせて首を左右に振った。

「その実って、毒かもしれないんだよなぁ。知らないならともかく、猛毒があるとか聞かされたらロシアンルーレット気分だ。実の生《な》る樹は見てみたいが、口にするのは止《や》めておこう。言葉が理解できるようになるって酒も、興味深いが……魔法《まほう》みたいだな」

「魔法って、本気？　二十一世紀の、現代に……」

「でも、おまえは事実ここの言葉を理解して、自分でも意識せず話しているんだろ。どんな仕組みだろうな」

真剣《しんけん》に思い悩《なや》む叔父を見ていると、改めて礼渡も我が身に起きている超常《ちょうじょう》現象が不気味になってくる。

昨日は身の安全を確保するのに必死だったし、言葉が通じるならいいかと流していたが、よく考えれば我ながら尋常《じんじょう》ではない能天気さだと思う。

でも、それでいいのだと……深く考えることを放棄《ほうき》したのだ。セネカの緑の瞳《ひとみ》を見ていたら、疑問を感じる必要などないか……と思考に霞《かすみ》がかかった。

叔父《おじ》の言う、得体の知れない魔法みたいで少し怖《こわ》い。

薄《うす》く鳥肌《とりはだ》の立った腕《うで》を擦《こす》りながら、まさかね、と首を左右に振って叔父を見上げる。

「大ちゃん、ガイドさんとかに連絡《れんらく》しなくていいの？　無事に合流できたって、知らせておいたほうがいいんじゃ……」

礼渡と落ち合ってから、叔父がどこかに連絡を取っている様子はない。ガイドも気にしているのでは……と口にした礼渡から、叔父は気まずそうに目を逸《そ》らした。

「大ちゃん？　なに、その顔」

「あのな……すまん、電池がゼロだ。ついでに、岩にぶっつけたせいで、この有様だ」

話しながら叔父がポケットから取り出して、礼渡に見せたスマートフォンは……真っ黒な画面に、蜘蛛《くも》の巣《す》状のヒビが走っているものだった。

こうなれば、ハッキリ言って完全に役立たずだ。

「ほ、他《ほか》に通信手段は」

「ない。……参ったな」

二人して、お手上げということか。

こうなったら、どうしてもガイウスの許可を得て、通信手段があるという近くの村まで連れて行ってもらわなければならないようだ。

もしくは、ガイドか捜索隊《そうさくたい》がここに辿《たど》り着いてくれるのを、待つ……か。

「アレだ。とりあえず、皇帝の機嫌《きげん》を損《そこ》ねないように……な？」

ヘラリと笑いながらポンと肩《かた》に手を置かれて、特大のため息をつく。

衛兵たちに囲まれている叔父は、救いの神のように見えたのに……遭難《そうなん》者が二人に増えただけということか？

一人きりよりは心強いが、複雑な気分だ。

斜《なな》めに差し込む西日は夕焼け色に染まっていて、間もなくアルカスで迎《むか》える二度目の夜が訪《おとず》れることを告げていた。

□□□

夕食後、寝所へ引き上げようというところで、叔父と共に広間を出ようとした礼渡をガイウスが呼び止める。

「アヤト。おまえはこちらだ。昨夜《ゆうべ》アヤトが使った寝所を、ダイキに提供する」

「え？　あ、う……ん」

一瞬《いっしゅん》、「おれは、大ちゃんと一緒《いっしょ》の部屋でいい」と答えそうになってしまった。が、今の礼渡は『姫《ひめ》』なのだから、いくら血縁《けつえん》者でも異性と同じ部屋で眠《ねむ》ろうとするのは不自然かと、言葉を呑《の》み込む。

「ダイキはこちらへ。案内しよう」

ガイウスの背後から姿を現したセネカは、なにを思っているのか読めないポーカーフェイスで叔父を促《うなが》す。

叔父と離《はな》れ離れになるのは少し不安だったけれど、昨夜を思い起こせば宮殿《きゅうでん》内にいる限り危険はないはずだ。

叔父と視線を交わして小さくうなずき合い、ガイウスに向かって一歩踏《ふ》み出した。

「じゃあ……おやすみなさい」

「ああ。おやすみ、アヤ」

セネカに連れられて行く叔父に手を振り、廊下《ろうか》の左右に分かれた。

礼渡の一歩前を歩くガイウスは、無言だ。女官やお供を一人も連れていないので、二人きりで静かな廊下を歩く。

食事中も、朝や昨夜と同じように礼渡にいろいろと食べさせようとはしたけれど、なんとなく雰囲気《ふんいき》が硬《かた》い。

いつもと違《ちが》う、と言えるほど深くガイウスのことを知っているわけではないので、違和感《いわかん》の正体を掴《つか》めなくて奇妙《きみょう》な不安が込み上げてくる。

「ここだ」

一室の前で、ようやくガイウスが足を止めて礼渡を振り返る。ずいぶんと奥まったところにある部屋だ。

「ガイ、あの……ここって」

「俺の私室だが。不満か？」

尋《たず》ねているようでいて、否《いな》という返事は聞かないとばかりに鋭《するど》い目で礼渡を見下ろす。

戸惑《とまど》いに動けずにいると、痺《しび》れを切らしたのか二の腕を強く摑まれる。

「ガイっ？」

戸惑いの声を上げても、ガイウスは無言だ。

礼渡に有無《うむ》を言わさない強引《ごういん》さで、廊下との境のところにある暖簾《のれん》のような布の内側へと引きずり込まれた。

これまでは、尊大だ……とか、少しばかり傲慢《ごうまん》なところがあるとは感じたことがあっても、立場がそうさせているのだろうと思える程度だった。

横暴な部分は見受けられなかったのに、礼渡の戸惑いを無視する突然《とつぜん》の行動に身を竦《すく》ませる。

「なに、いきなり……、ちょ……と、待ってよ。ガイウス！」

予《あらかじ》め女官が整えていたのか、寝台《しんだい》の脇《わき》にあるランプには火が灯《とも》されている。そのおかげで室内は完全な暗闇《くらやみ》にはなっておらず、ガイウスの顔をぼんやりと見ることができた。

そうしようと意図したわけではないけれど、礼渡が泣きそうな声を上げたせいか、ガイウスはようやく動きを止めてこちらを見下ろしてくる。

「なに……？　腕、痛い……よ」

「セネカの助言だ。アヤトを帰さぬよう……既成事実《きせいじじつ》を作ってしまえと。アヤトを手放したくなければ、多少強引な手段を使ってでもアルカスに留め置くように……」

「既成事実、って……どうする気」

確かめるのは、怖い。でも、聞かずにいるのはもっと怖かった。

すぐ傍《そば》にある寝台をなんとかシャットアウトしようにも、キングサイズはあろうかという大きな寝台は存在を主張していて、視界から消すことができない。

私室に連れ込まれて、既成事実を……と口にする。

その意図が察せられないほど鈍《にぶ》くないのは、幸か不幸か……どちらだろう。

「ダイキに連れ出される前に、アヤトを俺のものにする。もっと時間をかけて、アヤトから望むように仕向けたかったが……こうなれば仕方がない」

仕方がない？　そんな理由で、男にベッドに連れ込まれては堪《たま》らない。

湧《わ》き上がる焦燥感《しょうそうかん》に背中を押された礼渡は、ガイウスから離れようとジリジリと足を動かして距離《きょり》を置く。

それも、一メートルも離れないうちに右手を捉《とら》えられて動きを制された。

「何故逃《なぜに》げる？」

「何故、って……当たり前だろ！」

「俺のものになれば、大事にすることを誓《ちか》おう。アヤト以外に側室は持たない。閨《ねや》に入れるのは、おまえだけだ」

この国の女性なら、ありがたい……身に余る光栄だと思うのかもしれないが、礼渡にはありがたみが一ミリもわからない。

なにより、ガイウスにとっても悲劇であろう最大の問題が存在する。

「や、やめておいたほうがいい……と思う。ガイも、抱《だ》き心地《ごこち》がよくないって言ってたろ。おれを寝台に連れ込んでも、たぶん、絶対につまらないから！」

「それは、試《ため》してみないことにはなんとも言えないな。……力ずくで押さえつけるのは、趣味《しゅみ》ではないのだが」

「じゃあ、やめよう。喜んで相手をしてくれる女の人のほうが、きっと楽しいだろうし」

なんとかガイウスからその気を殺《そ》ごうと、苦しい言い逃《のが》れを重ねる。

礼渡の顔は引き攣《つ》っているはずだが、ガイウスはなにが楽しいのか、クスリと笑いながら腰《こし》を抱き寄せてきた。

「これほど拒絶《きょぜつ》されるのは、初めてだな。それも……愛らしいと感じるあたり、俺は自覚している以上におまえを気に入っているらしい」

「申し訳ないけど、メーワクです！　や……ヤダって！」

悠長《ゆうちょう》に言葉遊びをしている余裕《よゆう》がなくなり、抱き寄せられているガイウスの腕《うで》から逃れようとジタバタともがく。

「威勢《いせい》がいいのは嫌《きら》いではないが、面倒《めんどう》だな」

そうして礼渡が暴れたせいか、ガイウスの腕にますます力が籠《こも》って両腕を強く摑まれた。そのまま引きずるようにして、寝台に身体《からだ》を投げ出される。

「っ！」

寝台自体は木製だが、敷物《しきもの》が幾重《いくえ》にも重ねられているので大して痛くはなかったけれど、衝《しょう》撃《げき》のせいですぐに起き上がることはできなかった。

続いて寝台に乗り上がってきたガイウスの身体がランプの灯火《ともしび》を遮《さえぎ》り、顔の上に影《かげ》が落ちる。

「ガイ……本当に、こんなのやめよう。おれは、こんなふうにされてもガイのモノにはならないからな」

精いっぱいの虚勢《きょせい》を張り、ガイウスを睨《にら》みつける。

礼渡の頭の脇に手をついたガイウスは、その視線を真っ直《す》ぐに受け止めて言い返してくる。

「そうか？　俺のものになるかどうかは……事後に、もう一度尋ねよう」

傲慢な台詞《せりふ》だ。これまで誰《だれ》にも拒絶されたことがないというのは、事実に違いない。

危機感でいっぱいになっていても、ガイウスに対する嫌悪《けんお》はなく……淡《あわ》いランプの光に照らされた顔を、ただ綺麗《きれい》だと思える自分が不思議だった。

腕力《わんりょく》や権力で押さえつけようとするガイウスを、醜悪《しゅうあく》だと感じるはずなのに……どうして、礼渡を見下ろす目にもどかしそうな色を滲《にじ》ませているのだろう。

なりふり構わず暴れて逃れるべきなのに、動けなくなる。

「アヤト。おまえは、アルカスにとって……俺にとっても、特別な存在だ。これほど……我がものにしたいと望むのは、初めてだ」

端整《たんせい》な顔が、少しずつ近づいてくる。

欲望を剝《む》き出しにして、食い入るように礼渡を見据《みす》える金色の瞳《ひとみ》はただ美しく、息も忘れて見惚《みと》れる……。

ふっと吐息《といき》が唇《くちびる》をかすめた瞬間《しゅんかん》、惚《ほう》けていてはいけないと我に返った。

「ッ、や……おれは、ガイの嫁《よめ》になんてなれない！」

そう言いながら顔を背《そむ》けて、ギリギリのところで口づけから逃れる。

なに？　どうして、ぼんやりとガイウスの瞳に見入っていた？

バクバクと激しく脈打つ心臓が、恐怖《きょうふ》からそうなっているのか自分に対する焦《あせ》りのせいなのか、混乱してわからなくなる。

「何故、それほど拒絶する」

硬い声で言いながら、ガイウスの手が膝《ひざ》あたりに押し当てられる。

暴れたせいで捲《まく》り上がっている布の裾《すそ》から滑《すべ》り込み、膝から太腿《ふともも》まで撫《な》で上げられてビクッと身体を震《ふる》わせた。

何故、ガイウスを拒絶するか。その理由は無数にある。でも、今……一番差し迫《せま》った、最大の理由はコレだ！

「おれはっ、姫《ひめ》じゃないからだ……っ！」

緊張《きんちょう》でカラカラに渇《かわ》いた喉《のど》から声を絞《しぼ》り出し、渾身《こんしん》の力でガイウスを押しのけて、無我夢中で寝台を飛び出そうとした。

膝立ちになって慌《あわ》てて寝台の端《はし》まで移動したところで、やわらかな布についた手のひらがズルリと滑る。

「ぅわ！」

寝台自体はそれほど高くないけれど、床《ゆか》は石で……咄嗟《とっさ》に受け身を取って頭は庇《かば》ったけれど、肘《ひじ》や手の甲《こう》を打ちつける。

「アヤト！」

身体の痛みより、寝台から落ちた衝撃が大きくて、起き上がれない。

ぼんやりとした視界にガイウスの足が映り、背中を掬《すく》い上げるようにして抱き起こされた。丁寧《ていねい》に、優《やさ》しく……先ほど、力で礼渡を押さえつけようとした手と同じものだとは思えないほど、そっと触《ふ》れてくる。

「……大丈夫《だいじょうぶ》か？　目を開けろ、アヤト」

手のひらに頬《ほお》を包まれて、ゆっくりと瞼《まぶた》を開いた。

床にまで届くランプの光は乏《とぼ》しく、ガイウスの表情はハッキリ見えない。でも、金色の瞳に不安と心配を浮《う》かべて礼渡を見詰《みつ》めていることはわかった。

視線が絡《から》むと、ホッとしたように眉間《みけん》に刻んだ縦皺《たてじわ》を緩《ゆる》ませる。

「どこか、痛めていないか。……血の匂《にお》いがするな」

「匂い……？」

血の匂いは、礼渡には感じられない。ただ、右肘と手の甲が、ヒリヒリと痛みを訴《うった》えている。

「ここか」

礼渡が口にする前に的確に言い当てたガイウスが、礼渡の腕を掴《つか》んで肘に顔を寄せてきた。濡《ぬ》れた感触《かんしょく》が続き、ギョッとして腕を振《ふ》り払《はら》おうとしたけれど、ガイウスの指は強く食い込んでいて離《はな》れていかない。

「ガイ、なに舐《な》め……てっ」

心臓が、更《さら》に鼓動《こどう》を速める。舐めて癒《いや》そうとするなんて、動物でもあるまいし……なにより、皇帝《こうてい》という立場の人間がしてはいけないことでは。

床に膝を突《つ》いて、頭を下げ……傷口に口をつける姿など……礼渡なんかに見せてもいいものではない。

パニック状態の礼渡の頭に、『畏《おそ》れ多い』という言葉が思い浮かび、混乱に拍車《はくしゃ》がかかる。

「ガイウス！　こんなの、ダメだって。もういいっ」

どうにかして離そうと、ガイウスの頭を両手で摑む。ゆっくり顔を上げたガイウスと、至近距離で視線が絡み合った。

薄暗《うすぐら》い中、金色の瞳が……強い光を宿しているように見え、息を呑《の》む。

「アヤト。おまえの血は……極上《ごくじょう》の甘蜜《あまみつ》のようだ。何故、これほど甘い？」

チラリと自分の唇を舐めたガイウスは、アヤトに見せつけるように右手を取り、手の甲に舌を這《は》わせた。

ぴちゃ……と濡れた音と、舌の感触。

ピリッと走る痛みに、血の滲む傷を舐められているのだと体感して、呆《ほう》けていた頭が現実に立ち戻《もど》る。

「ガイ！　だから、そんなの……っ、え……？」

ビクッと身体を震わせた礼渡は、目の前で起きている異常事態を唖然《あぜん》と眺《なが》めた。

なに？　ガイウスの頭……薄茶色の髪《かみ》を掻《か》き分けるようにして、毛に覆《おお》われた丸い獣《けもの》の耳のようなものが見えないか？

まさか。目の錯覚《さっかく》、だ。

恐《おそ》る恐る左手を伸《の》ばして、ガイウスの頭に触れてみる。指先がかすめた瞬間、ピクリとソレが震えて目を瞠《みは》った。

う、動いた……？

「アヤト？　なんだ」

「ガイ、耳……なんか、変じゃない……？　それ、も……なに？」

顔を上げたガイウスの肩越《かたご》しに、ゆらゆらと揺《ゆ》れている細長い……虎柄《とらがら》の、尻尾《しっぽ》？　を指差す。

いくらランプの光が乏しくても、異様なモノの存在はしっかりと礼渡の目に映った。

頭の中が真っ白になっている。目の前にあるものが非現実的すぎて、思考が停《と》まっているみたいだ。

「耳……？　コイツも、か」

放心状態の礼渡とは違《ちが》い、ガイウスは冷静な声でつぶやくと、背中で揺らめいていた尻尾を摑んで目の前に引き寄せた。

ランプの光が先ほどよりクッキリと浮かび上がらせたのは……間違いなく、虎柄の尻尾だ。

それも、よく見る黒と黄色が交じったものではなく、白毛とオレンジ色の毛が織り成す不思議な模様だった。

「おまえの血……だな」

疑問形ではない。確信を持った一言に、意味がわからないまま頭を左右に振る。

なにが、血？

オモチャで、礼渡をからかおうとしているだけだ。そうに決まっている。

異常事態にそんな理由をつけて、なんとか自分を納得《なっとく》させようとしたのに……ガイウスは更に礼渡の肘あたりに唇を押し当てて舌を這わせた。

さっき舐められた時とは違う。ザラリとした舌の感触に、「痛い」と首を竦《すく》ませる。

床に座り込んだまま動くことができず、ギュッと瞼を閉じて身を硬《かた》くしていたけれど……いつの間にか、摑まれていた腕《うで》が解放されていることに気がついた。

閉じていた瞼を、恐る恐る押し上げて……声もなく瞠目《どうもく》する。

目の前にいるのは、薄茶色の髪に金の瞳を持つ美しい皇帝……ではなかった。

ガイウスと同じく、威厳《いげん》に満ちた姿であることは確かだが、巨大《きょだい》な猛獣《もうじゅう》だ。目を閉じる前、瞳に映した尻尾と同じ色合い、模様の……。

「と、虎……？」

かすれた声でのつぶやきに反応してか、巨大な虎がゆっくりと近づいてくる。

オレンジ色のランプの光に照らされたその姿は、金色に輝《かがや》いているように見えて……猛獣に対する恐怖というよりも、畏怖《いふ》と呼ぶほうが近い奇妙《きみょう》な感覚に包まれる。

怖《こわ》い。怖くて、声も出ない……のに、美しい。

礼渡の目前に迫った虎は、金色の瞳でジッと顔を見詰めてくる。その目に縫《ぬ》い留められているかのように、視線を逸《そ》らせない。

これは、夢だろうか。寝台《しんだい》から落ちた時に、頭を打って気を失っている……とか？

硬直《こうちょく》する礼渡を観察するかのように見据えていた虎が、じわりと口を開く。凶悪《きょうあく》なほど見事な牙《きば》が覗《のぞ》き、ビクリと肩《かた》を震わせた。

夢だ、夢。

でも、もし夢でないのなら……この巨大な猛獣に、噛《か》み殺されるのだろうか。

貫禄《かんろく》たっぷりで優美な造形の、威風堂々《いふうどうどう》とした虎……。

密林の王者のような、美しい猛虎《もうこ》に食われるのかと思えば、恐怖《きょうふ》を超越《ちょうえつ》した恍惚《こうこつ》とした心地《ここち》が込み上げてくる。

そうして、限界を超《こ》えた恐慌《きょうこう》をまやかしにしてしまおうと、無意識に防御《ぼうぎょ》本能が働いているのかもしれないけれど。

礼渡を凝視《ぎょうし》している虎は、耳の下あたりに鼻先を埋《うず》めて匂いを嗅《か》いでいるようだ。

首筋や頬に触れる毛の感触は確かなもので、この獣の前では自分の抵抗《ていこう》など無意味だろうと肩《かた》の力を抜《ぬ》く。

「……ガイウス」

同じ金色の瞳《ひとみ》を有する男の名前を口にすると、虎の舌がザラリと首のつけ根を舐め……牙を食い込ませる場所を定めようとしているみたいだ。

ふっと吐息《といき》をついた礼渡は、あまり痛くなかったらいいな……と、諦《あきら》めの心境で瞼を伏《ふ》せた。

《六》

目を閉じているのに、眩《まぶ》しい。

どうしてだろう？　窓の遮光《しゃこう》カーテンを、閉め忘れて眠《ねむ》ったか？

「ん……」

喉《のど》の奥で唸《うな》った礼渡は、目覚めを促《うなが》す朝の陽光から逃《のが》れるように寝返《ねがえ》りを打ち、ゴソゴソと身体《からだ》を丸くした。

そうして、浮上《ふじょう》させかけた意識を再び眠りへと沈《しず》めようとしたけれど、

「アヤト」

低い声が名前を呼び、髪に触れてくる。

安穏《あんのん》とした眠りから呼び起こそうとする手を、目を閉じたまま振り払った。なのに、またしてもクシャクシャと髪を撫《な》で回され、無視することができなくなる。

「や……なに？」

「起きているのはわかっているぞ。そろそろ、セネカが来る。寝乱れた姿を、他《ほか》の男に見せるのは癪《しゃく》だ」

「だ……れ」

笑《え》みを含《ふく》んだ低い声は、聞き覚えのあるものだった。

これは……ガイウス？　ということは当然、髪に触《ふ》れる手も彼のもので……ここは、彼の寝台だ。

どうして、と瞼《まぶた》を震《ふる》わせ……。

「……あっ」

ビクッと身体を跳《は》ね上げて目を見開いた礼渡の視界に、微笑《びしょう》を浮《う》かべて覗き込んでくるガイウスの顔が映り込む。

色素の薄《うす》い髪は、朝陽《あさひ》に照らされるとほぼ金髪《きんぱつ》だ。瞳の色も淡《あわ》い金色で、爽《さわ》やかな朝の空気を体現しているようだった。

「ぼんやりとして、どうした。目覚めの口づけを待っているのか？」

クスリと笑ったガイウスが、寝台に手をついて背中を屈《かが》める。

近づいてくる端整《たんせい》な顔を、礼渡はまだ眠りの余韻《よいん》が漂《ただよ》うぼんやりとした心地で見上げる。

なんだか、変な夢を見ていたけれど……どんな夢だったか、思考に霞《かすみ》がかかっているみたいで、ハッキリ思い出せない。

あれは確か、ガイウスに関するものだった。こうして近くで目にすると、べっ甲飴《こうあめ》のように綺麗《きれい》な目だ。

「金色の……瞳、で……」

そうだ。ガイウスと同じ瞳を持つ、優美で貫禄のある稀有《けう》な猛獣……見たことのない、金色の虎？

まだ夢から覚めきらず、思考の鈍《にぶ》さにもどかしさを感じながら、至近距離《きょり》まで迫《せま》った金の瞳を見詰《みつ》め返す。

綺麗だ。夢に現れた、非現実的なまでに美しい獣《けもの》とガイウスがピタリと重なって……夢の続きに漂っているみたいだった。

「ふ……、寝《ね》惚《ぼ》け眼《まなこ》も愛らしいな」

低い声が耳に流れ込んだ直後、やんわりと唇《くちびる》が触れ合わされたことで、ようやくこれが現実だと認識《にんしき》した。

「ぁ！　ガイ……っ？」

寝惚けていた頭が、一気に覚醒《かくせい》する。

どうして、キスなんか……？

混乱のまま、顔を背《そむ》けながらガイウスの肩を押し戻《もど》すと、意外にもすんなりと屈めていた背を起こした。

「なにを驚《おどろ》いた顔をしている？」

「やけにリアルな、夢を見てた……から」

「どんな夢だ？」

質問を重ねるガイウスを、そっと見上げた。寝台に腰《こし》かけたガイウスは、仄《ほの》かな微笑を唇に浮かべて礼渡を見下ろしている。

そうして楽しそうに、礼渡の答えを待っていた。

見下ろされることに居心地《いごこち》が悪くなり、ガイウスから目を逸らした礼渡は、寝台に手をついて上半身を起こす。

「よく憶《おぼ》えてない」

石の天井《てんじょう》に視線を泳がせながら、ポツリと嘘《うそ》をついてしまった。

本当は、憶えている。いや、正しくはガイウスのキスで明確に思い出した。

二晩続けて、金色の虎の夢を見た……。

それも、昨夜《ゆうべ》のものはガイウスが金色の巨大な虎に変化するという非現実に拍車《はくしゃ》のかかったものだったなどと、当のガイウスには言えない。

叔父《おじ》と話したことで、アルカスの皇帝《こうてい》の始祖は金色の虎だったと……聞きかじった伝説と現皇帝であるガイウスの印象が、不思議なくらい一致《いっち》した。

それが、刺激《しげき》になったに違《ちが》いない。

「憶えていない、か？　では、この寝台で激しく愛を交《か》わしたことも……か？　アヤトは、素《す》晴《ば》らしく淫《みだ》らだった」

照れの欠片《かけら》もなく、とんでもない台詞《せりふ》を口にしながら指先で首筋を撫でられて、カーッと首から上が熱くなる。

慌《あわ》ててガイウスの手を払《はら》い除《の》けると、睨《にら》み上げて反論した。

「な……そんなこと、してないだろっ。逃《に》げたんだから！」

「……憶えているではないか」

勝ち誇《ほこ》ったような顔と声で見下ろしてきたガイウスに、「鎌《かま》をかけたな」と唇を噛む。まんまと乗せられて、墓穴《ぼけつ》を掘《ほ》ってしまった自分の迂闊《うかつ》さが悔《くや》しい。

傲慢《ごうまん》な態度で寝台《しんだい》に突《つ》き飛ばされ、迫られたのは確かだ。でも、なんとか逃げ出そうとして無様に寝台から落ち……て……？

「あ、あれ？　どこから、どこまで……夢だ？　おれ、いつ……寝た？」

寝台から落ちたあたりから、突如《とつじょ》記憶《きおく》が曖昧《あいまい》になっている。

夢と現《うつつ》の境があやふやで、実際の記憶なのか夢に見たものを現実と混同しているのかわからなくなって、礼渡を困惑《こんわく》させる。

「ガイ、が」

虎《とら》に変身したのは、夢に決まっている。今、こうして朝の光の中で目にしても、不審《ふしん》なところは見当たらない。

「俺がなんだ？　なにを見た？」

「バカな夢だから、聞かなくていいよ」

子供の夢想のようだと、笑われるかもしれない。そう話を終わらせようとしたのに、ガイウスは引き下がらなかった。

「ただの夢なのだろう？　もったいぶらずに、話して聞かせろ」

「なんで、そんなに聞き出そうとするんだっ」

気が長いほうではない礼渡は、湧《わ》き上がる苛立《いらだ》ちをガイウスにぶつけて……グッと奥歯を噛んだ。

完全な八つ当たりだ。

二晩続けて妙《みょう》な夢を見たのに加え、スッキリしない記憶にイライラしていたからといって、ガイウスにとっては理不尽《りふじん》な態度だろう。

機嫌《きげん》を損《そこ》ねられても仕方がないのに、ガイウスは唇の端《はし》をわずかに吊《つ》り上げて礼渡の腕《うで》を引く。

「わっ、なに……？」

寝台に腰かけたガイウスの膝《ひざ》に、中途半端《ちゅうとはんぱ》に乗り上げる体勢になってしまった。

礼渡を抱《だ》き込んだガイウスは、微笑を浮かべたまま大きな手で頭を摑《つか》むと、端整な顔を寄せてくる。

「黄金の、虎でも……目にしたか？」

「え……」

確かに、黄金の虎と言った。

あの虎は礼渡の夢に出てきたもので、ガイウスには一言も話していないのに……。

どうして、と聞き返そうとした礼渡の目前に、ふっと影《かげ》が落ちる。

ビクリと身体を震わせたけれど、逃げられないよう頭を摑んだ状態で、ガイウスの唇が重ねられた。

「ガイ……っ、ん……ぅ」

触れ合わせるだけの、挨拶《あいさつ》の延長のようなキスではない。濡《ぬ》れた舌が潜《もぐ》り込んできて、礼渡の舌に絡《から》み……味わうかのように口腔《こうこう》の粘膜《ねんまく》をくすぐる。

ガイウスに唇を重ねられるのは、初めてではない。

あの、紅《あか》い実から造ったという不可解な酒を口移しで飲まされた時と、ここに来た翌日《よくじつ》の朝食の席で果実を食べさせられた時、つい先ほど寝惚けて油断していた時と……そして、今。

でも、これは今までのどれとも違う……。こんなふうに、舌を搦《から》め捕《と》られる濃密《のうみつ》な口づけは初めてで、心臓が激しく脈打っている。

「ゃ、う……、ぁ」

キスを、知らないわけではない。自慢《じまん》できる人数ではないが彼女がいたこともあったし、ここに来てからも、自分が望んだわけではないがガイウスと何度か唇を合わせた。

でも、これほど深く……吐息《といき》まで我がものにしようとするような濃密な口づけは、礼渡の知らないキスだ。

なにもかもを奪《うば》われる、という危機感がじわりと湧き……怖《こわ》い。

怖いのに、絡みつく舌も宥《なだ》めるように髪《かみ》を撫《な》で回す手も優《やさ》しくて、心地《ここち》よくて……頭が混乱する。

「っ、ふ……、ぁ……ア」

濡れた音が鼓膜《こまく》を震わせて、ガイウスの激しい口づけを生々しく実感させられる。

逃げなければ……と思うのに、動けない。手足から力が抜《ぬ》け、頭の中が真っ白に染まる。どれくらいの時間が過ぎたのか、ようやく口づけから解放された時には糸の切れた操《あやつ》り人形のようになっていた。

礼渡を腕に抱いたガイウスが、満足そうな声でつぶやく。

「おまえは、なにもかも甘いな」

「ッ、信じらんな……」

身勝手で無遠慮《ぶえんりよ》なキスを、大人しく受け入れられるわけがない。苦情を投げつけようと瞼《まぶた》を開いた礼渡は、ガイウスを睨みつけ……言葉を呑《の》み込んだ。

先端《せんたん》が少しだけ尖《とが》った耳……が、虎柄《とらがら》の毛で覆《おお》われている？

声もなく凝視《ぎようし》する礼渡の視線を辿《たど》ったのか、ガイウスは自分の頭に手をやり、無言で笑《え》みを深くした。

「……っ」

硬直《こうちよく》している礼渡の背中を、なにかがトントンと軽く叩《たた》いて……そろりと振《ふ》り返る。

オレンジ……いや、朝陽《あさひ》を浴びて金色に輝《かがや》いているように見える、耳と同じく虎を連想させる模様の、尻尾《しつぽ》……か？

馬鹿《ばか》げている。目の錯覚《さつかく》だ。

こんなことあり得ないと、必死で目に映っているモノを否定する礼渡に、ガイウスは動揺《どうよう》の欠片も窺《うかが》わせない声でつぶやいた。

「やはり、アヤトの体液に誘発《ゆうはつ》されるな」

「おれの……なに、が？　誘発？」

ガイウスの言葉の意味を捉《とら》えられず、呆然《ぼうぜん》と聞き返す。

体液とは、さっきのキス……で口腔を舐《な》め回されたことか。それが、なにを誘発したのだろう。

ふわふわ……礼渡の目前で、長い虎柄の尻尾が左右に揺《ゆ》れている。

ガイウスがなにを言わんとしているか、薄々《うすうす》感じ取っていながら、認めたくないせいで無意識に思考を鈍化《どんか》させる。

そうして目を逸《そ》らそうとしている礼渡に、ガイウスは意味深な笑みを浮《う》かべた。

「昨夜は、血を舐めたことが引き金となった。夜と違い不完全な変化なのは、血のほうが強力ということか。ふ……まるで、甘蜜《あまみつ》の劇薬だ」

クックッ……と、自分の言葉に受けたらしく、愉快《ゆかい》そうに肩《かた》を震《ふる》わせている。

ひとしきり笑ってから、硬直している礼渡に気づいたようだ。金色の目を細めて、顔を覗《のぞ》き込んでくる。

明らかに人間のものではない耳は、そのままで……毛の一本一本が見て取れるほど、間近に寄せられた。

「アヤト？　なにを呆《ほう》けている。初めて目にするものでもなかろう。中途半端で無様な変化かもしれないが、血以外の体液ではこれが限界のようだから許せ」

パシッと長い尻尾で肩を叩かれて、ハッと目をしばたたかせた。

白昼夢に漂《ただよ》っていたかのような心情だが、目の前にいるガイウスも、首筋を撫でた尻尾の毛の感触《かんしょく》も現実だ。

「ゆ、許せ……って、あれ？　初めて目にするものじゃない？」

ガイウスの言葉のどこにどう反応すればいいのか、迷いながら疑問を口にする。

ガイウスは、混乱のまま髪を掻《か》き乱す礼渡の手を強く握《にぎ》り、

「そうだ」

と、短く答えた。

淡《あわ》いランプに照らされた、金色の毛並みの美しい虎……は、礼渡が夢で創《つく》り出したものではなかったのか？

目の前の出来事が、現実とは思えない。啞然《あぜん》と尻尾を見詰《みつ》める礼渡に、ガイウスは落ち着き払《はら》った口調で語り出す。

「アルカスの皇帝《こうてい》は、『皇帝の実』で造られた秘酒により黄金の虎へと姿を変える。誇り高き、始皇帝の血が甦《よみがえ》るためだ。ただ、俺は母親がアルカスの外の人間だったせいか、これまで望む姿に変化することが叶《かな》わなかった。出生時には虎耳と尾《お》を持っていたのだが……一つになる前に消え失《う》せた。皇位を引き継《つ》いでから、三年。一度も民《たみ》の前に始祖の姿を披露《ひろう》していないことで、現皇帝はアルカスの皇帝たる資格を有していないのではないかと、不穏《ふおん》な噂《うわさ》が広がりつつある」

ガイウスの腕に抱《だ》き寄せられた体勢のまま、ぼんやりと虎耳を見上げる。

非現実的な話だ。でも、間違《まちが》いなく今のガイウスには虎《とら》の耳と尻尾があり、昨夜《ゆうべ》のことが夢ではないのなら黄金の毛の虎に変化した。

無言で目を瞠《みは》ることしかできない礼渡は、なんとかガイウスの言葉の意味を解しようと、混乱する思考をフル回転させた。

あの『皇帝の実』、そして紅い『秘酒』には、それほど重要な意味が込められていたのか。

それなら、礼渡が特別扱《あつか》いされるのも納得《なっとく》できる。

これまでは、あの『秘酒』を飲んでも虎に変化できなかったガイウスが、自分の血を舐めたことで……虎になった？

今も、礼渡とのキス……唾液《だえき》が、ガイウスに虎の耳と尻尾をもたらしたと言っているのだろうか？

そんなバカな、と礼渡の常識は否定しているのに、長い尻尾が頬《ほお》を撫でてこれは現実だと思い知らせる。

現実逃避《とうひ》を図《はか》ろうとするたびに、絶妙《ぜつみょう》なタイミングでガイウスに引き戻《もど》されてしまい、逃《に》がしてくれない。

「失礼。お二方とも、御《お》目覚めですか」

「っ！」

突如《とつじょ》静かな室内に、礼渡のものでもガイウスのものでもない男の声が響《ひび》いた。

慌《あわ》てて振り向くと、ゆったりとした足取りでこちらに向かってくるセネカの姿が目に飛び込んでくる。

「おや、見慣れないものが。……ガイウス、そのお姿は？」

ガイウスの虎耳と尻尾という、礼渡を唖然とさせたモノを目撃《もくげき》しているはずなのに、動揺を微塵《みじん》も感じさせない。

足音もなく近づいてきて寝台《しんだい》のすぐ脇《わき》で足を止めると、目を細めてガイウスと礼渡のあいだに視線を往復させた。

「アヤト……ですか」

ガイウスの身に起きている異変の要因は礼渡だと、尋《たず》ねているようでいて確信を持った言い方だった。

「な、なんで……？」

おまえが原因だと決めつけられた礼渡は、かすれた声でつぶやいた。得体の知れない恐《おそ》ろしさを感じる。

でもガイウスは、何故《なぜ》そう思ったのだとセネカに聞き返すこともなく、当然のようにうなずいた。

「ああ。昨夜は、アヤトの血を舐めて……完全変態した。アヤトの血と体液が、俺の身にかすかに流れる始祖の本能を、呼び覚ますらしい」

ガイウスの身に流れる、始祖の本能。

その意味を、セネカは的確に捉えているに違《ちが》いない。虎耳や尻尾という異常事態を鷹揚《おうよう》と受け止めている。

なにを考えているのか読み取れない緑の瞳《ひとみ》で礼渡を見下ろして、淡々《たんたん》とした口調で語った。

「なるほど。『皇帝の実』を食して無事だったことといい……アヤトは、ガイウスの運命を握っているわけですな」

静かな声でセネカが口にした『運命』の一言に、ザワッと一瞬《いっしゅん》で鳥肌《とりはだ》が立った。

自分が、誰《だれ》かの運命を握っているなど……重すぎる。

そんなわけないだろうと、咄嗟《とっさ》に否定することもできないほど、怖《こわ》い。

こうして、目の前でガイウスが虎の耳や尻尾を出現させていることは確かで、引き金となったのが自分だということも認めざるを得ない状況《じょうきょう》で……言葉を失う。

「ガイウス、ますますアヤトを傍《そば》から離《はな》すわけにはいかない。早急《さっきゅう》に婚儀《こんぎ》を挙げ、名実ともに正妃《せいひ》の座に据《す》えたほうがいい。このところ不穏な動きをしている皇太子派を抑《おさ》え込むには、それしかないでしょう。皇帝としての確かな資質を、思い知らせてやるべきだ。皇帝としての資質になんら問題のないガイウスの唯一《ゆいいつ》の難点が、始祖の姿を持たないことだった。この姿を目にすれば、変化できないのではという不敬な噂も消えて、不満を口にするものなどいなくなる」

セネカは、唖然としている礼渡を無視してよどみなく語り続ける。

礼渡だけでなく、皇帝であるガイウスの意見を伺《うかが》おうともせず、そうするべきだと決め込んでいる。

どうして、ガイウスは難色を示さない？　セネカの語った計画には、誤魔化《ごまか》すことも不可能な大きな難があるのに……。

「ちょっと……待て。正妃って、おれは……むっ」

男だから、無理だと……言いかけたところで、ガイウスの尻尾《しっぽ》が口元を覆《おお》う。毛が口に入り、眉《まゆ》を顰《ひそ》めてガイウスを睨《にら》みつけた。

「なんだよ」

小さく嘆息《たんそく》したガイウスは、「迂闊《うかつ》な発言に気をつけろ」と零《こぼ》し、背中を丸めて礼渡の頭の脇に唇《くちびる》を寄せてくる。

吐息《といき》が耳をくすぐり、肩を震わせて首を竦《すく》ませた。

「男だと……セネカに知られていいのか？　俺の変化にアヤトが必要不可欠と知ったからには、セネカは、これまで以上に丁重《ていちょう》にアヤトとダイキをもてなすだろう。俺の、大事な妃候補《きさき》として……」

耳元にコッソリと吹《ふ》き込まれた言葉は、礼渡から『男だから無理』と訴《うった》える意思を殺《そ》ぐのに充分《じゅうぶん》な、説得だった。

これは、一種の脅迫《きょうはく》だ。

礼渡が男だと、妃の資格などないのだと知られてしまったら、どうなるか……ガイウスは語らなかったが、『姫《ひめ》』と同じ扱いではなくなることくらいは予想がつく。

自分だけならまだしも、叔父《おじ》の待遇《たいぐう》まで変わるかもしれないと思えば……『姫』のふりをしていたほうが、得策に違いない。

「ガイは、いいのかよ？　おれ……が、おれで……」

おれが男でもいいのか、とはハッキリ口にできなくて、曖昧《あいまい》にぼかした言い回しで疑念を投げつける。

ガイウスは、ふっと微笑《びしょう》を浮《う》かべて礼渡の耳元に唇を押しつけた。今度は内緒話《ないしょばなし》ではなく、明確なキスだ。

「アヤトは愛らしい。初めから好みだった。外国人であることなど、些細《ささい》な問題。おまえが気に病《や》む必要はない」

「………」

セネカに聞かせるための言葉だろう。

外国人であること以上に性別の問題は重要だと思うのだが、演技だとしても本当に愛《いと》おしそうに触《ふ》れるだけのキスを繰《く》り返されて、拒絶《きょぜつ》できなくなってしまった。

「そっか……名前だけの皇妃でもいいのか」

つぶやきながら、礼渡は胸の内側が奇妙《きみょう》に疼《うず》くのを感じた。

変だ。なんだか、苦しい……。

「跡取《あとと》りは、正妃じゃなくてもできるもんな。側室とか、ガイが望めばどんな美女でも喜んでお相手するだろうし」

うつむくと、礼渡の肩《かた》を抱き寄せていたガイウスの手にビクリと力が入る。触れられていなければわからない、かすかな動揺《どうよう》だ。

なんだろう？　今の発言の、どこがガイウスの気に障《さわ》った？

礼渡はうつむけていた顔を上げ、すぐ傍にいるガイウスの顔色を窺《うかが》おうとした。

もう少しで顔が見える、というところで、

「……俺に跡取りは不要だ」

ガイウスが礼渡から顔を背《そむ》けて短く答える。

声は少し硬《かた》いものだった。でも、どんな表情だったのかはわからなかった。

ガイウスの言葉の真意は、読めなくて……スッと離された手に、不可解な肌寒《はださむ》さのようなものに襲《おそ》われる。

「腹が減った。話は後にして、朝食だ。セネカ、アヤトの着替《きが》えは？」

「こちらに」

腰《こし》かけていた寝台から立ち上がったガイウスの耳は、いつの間にか人間のものへと戻っている。

ついさっきまで、礼渡に絡《から》んでいた長い尻尾も消えていて……昨日まで礼渡が目にしていた、堂々とした若き皇帝《こうてい》の姿だ。

「アヤト、自分で着つけられるな」

「あ……ありがと」

セネカから畳《たた》んである布と帯紐《おびひも》を差し出されて、ガイウスの背中を見詰《みつ》めていた礼渡は慌てて視線を逸《そ》らした。

「うん。アルカスの服の着方は覚えたから、自分で着られる」

話しながら、寝所《しんじょ》の出入り口に垂らされている布をくぐり、廊下《ろうか》に出て行くガイウスの後ろ姿を視界の端《はし》に映す。

やはり尻尾など影《かげ》も形もなく……普通《ふつう》の人間としか思えない。

今、こうして目にしているものと、先ほどまでの異形としか言いようのないガイウスの姿。

どちらが現実で、どちらが幻覚《げんかく》なのか、わからなくなりそうだった。

□□□

ガイウスの態度が、少し変わった気がする。

礼渡を自分の傍《かたわ》らに置きたがるのは相変わらずだが、こちらが戸惑《とまど》うほど世話を焼こうとはしない。

昨日の夕食の席での様子しか知らない叔父にも、違和感《いわかん》は伝わったらしい。朝食が終わると同時に、潜《ひそ》めた声で礼渡に尋ねてきた。

「なぁ……皇帝って、昨日の晩飯の席ではおまえを過保護に姫扱《あつか》いしてたと思うが、今朝はどう言えばいいか……クールじゃないか？　昨夜《ゆうべ》、あの後、なにかあったのか？」

「う……ん、えっと、後で話す」

日本語での会話はガイウスやセネカ、侍従《じじゅう》たちにはわからない。

それでも、内容が大声で話すには憚《はばか》られるものなので、叔父と二人きりになって説明したほうがいいかと言葉を濁《にご》した。

態度がクールになったというより、姫扱いをしなくなったのは、礼渡が『姫』ではないことを知ったからに違《ちが》いない。

礼渡の腰が引けるほど、ベタベタに甘やかしていたくせに……とモヤモヤしたものが胸に湧《わ》き、次の瞬間《しゅんかん》振《ふ》り払《はら》う。

鬱陶《うっとう》しく構われないのなら、礼渡にとってはいいことだろう。『あの姿』になるため、必要としているのならガイウス曰《いわ》く丁重な扱いはされるだろうし、寝台《しんだい》に連れ込まれる危機が去ったのなら幸いだ。

叔父が自力で辿《たど》り着けたくらいなのだから、そう待つことなく捜索《そうさく》隊が見つけてくれるはずで……独りぼっちではなく、心強い味方がいる。

一人でここに彷徨《さまよ》い込んだ時の危機的状況と比べれば、雲泥《うんでい》の差だ。

もっと、晴れ晴れとした気分になってもおかしくないのに……どうして、胸の奥に灰色のモヤモヤとした塊《かたまり》が居座っているのだろう。

自分で自分がわからなくて、気味が悪い。

昨夜の非現実的な事態も含《ふく》めて、叔父と膝《ひざ》を突《つ》き合わせて話せば、少しはスッキリするだろうか。

朝食を終え、定位置のクッションから立ち上がったガイウスに、

「あっ、ガイ。叔父と二人で話がしたいんだけど……いいかな」

と、遠慮《えんりょ》がちに申し出る。

すると、渋《しぶ》られるのではないかという予想に反して、拍子抜《ひょうしぬ》けするほどあっさり「好きにしろ」と返ってきた。

呆気《あっけ》なく了解《りょうかい》を得られたことに困惑《こんわく》する礼渡をその場に残し、ガイウスはセネカと難しい顔で話しながら広間を出て行ってしまう。

「アヤ？　皇帝は、なんだって？」

「あ……あ、好きにしろって。どこかに、場所を移そう。行きたいところっていうか、見たいものとかある？　おれには護衛という名前の監視《かんし》がついてるから、宮殿《きゅうでん》の敷地《しきち》の外に出ることはできないけど」

ここは、広すぎて落ち着かない。

そう移動を提案した礼渡に、叔父はしばらく思案していたけれど……パッと顔を輝《かがや》かせた。

「あ、あれを見たいんだが。例の、皇帝の実ってヤツが生《な》る樹《き》。色んな意味で興味深い。宮殿の敷地内だろ？」

「一応、そうだけど……禁域で、果樹の世話をする人とか皇族以外は立ち入り禁止らしいから、大ちゃんはどうかなぁ。おれは、たまたま密林から迷い出たのが果樹園だったんだ。喉《のど》の渇《かわ》きに負けて、実を食べて……」

そのおかげで渇きは癒《いや》されたし、夜の密林を彷徨うという危険から逃《のが》れられた。でも、そのせいでガイウスの、『アルカスの皇帝』の花嫁《はなよめ》に仕立てられようとしている……現在の状況《じょうきょう》を考えれば、幸なのか不幸なのかどちらとも言えない。

「ダメなら、入る前に止められるだろ。とりあえず案内してくれ」

大らかな叔父《おじ》らしい発言だ。

この人は昔から、母曰く、

『基本的に、ギャンブラーなのよ。石橋を叩《たた》く時間を惜《お》しんで、崩《くず》れたらその時になんとかしよう……って渡《わた》り出す。で、うっかり崩れても崩れきる前に走り抜《ぬ》けちゃう』

というタイプらしい。

運任せで大胆《だいたん》に行動して、運を味方につける。子供の頃《ころ》からそんな感じらしいので、きっと強運の星の下に生まれているに違いない。

「わかった。おれも、あれを大ちゃんに見てもらって、意見を聞きたい。実の種類はなにかとか、本当に毒があるのなら、なんでおれには効かないのかとか……大ちゃんだったら、わかるかも」

叔父は、植物を専門とした写真家なのだから、礼渡とは比べ物にならないほど知識が深い。

樹木や実の実物を見てもらえば、正体が摑《つか》めるかもしれない。

「おいおい、過剰《かじょう》に期待しないでくれよ。俺は、ただの写真家だからな。植物の専門家じゃないんだ」

言葉を交《か》わしながら、連れ立って広間を出る礼渡と叔父の後ろを、少しだけ距離《きょり》を置いて女官がついてくる。

叔父は期待するなと言ったが、少しでも謎《なぞ》が解けるかも……と胸の高鳴りを感じつつ、早足であの場所に向かった。

《七》

「ここ。あの三本並んでいる果樹が、例の実が生る樹」

拓《ひら》けた場所の手前で足を止めた礼渡が手で指すと、叔父は眩《まぶ》しそうに瞬《まばた》きをする。目の上に手で庇《ひさし》を作り、マジマジと果樹を眺《なが》めた。

「へぇ……確かに、樹の感じも実のつき方も、木苺《きいちご》とかバラ科のベリー類だな。もっと近くで……っと、やっぱり俺は、立ち入り禁止か？」

果樹を見ながら叔父が一歩踏《ふ》み出したところで、爪先《つまさき》の三十センチほど前に槍《やり》を突かれて動きを止める。

女官は無表情だ。一言も口を利《き》かないが、鋭《するど》い目で叔父を見上げていた。

叔父は、両手を肩《かた》のところに上げて『降参』の態度を示すと、苦笑《くしょう》を浮《う》かべてため息をつく。

「仕方ない。ちょっと遠いが、ここから観察するか。……うーん？　果実の特徴《とくちょう》はブラックベリーっぽいけど、色はラズベリーに近いな。地域的には、ブラックベリーのほうが……いや、でも気候的にこのあたりだと……」

眉間《みけん》に縦皺《たてじわ》を刻んだ叔父は、難しい顔のまま黙《だま》り込んでしまった。真剣《しんけん》に考え込んでいるので、話しかけることができない。

しばらく果樹を睨《にら》みつけていたけれど、

「どう考えても、毒があるものじゃなさそうなんだよなぁ。実そのものより、土壌《どじょう》か水が関係しているのかもしれん」

わからん、と首を横に振《ふ》る。

実ではなく、土壌か水に理由が？

紅《あか》い実のインパクトに気を取られていた礼渡は、その可能性を少しも考えなかった。やはり、叔父に見てもらって正解だったのかもしれない。

でも、毒を宿す理由が『実』か『土壌』や『水』なのかということより、その実が導く変化が最大の謎なのだ。

「……その実で造った酒で、皇族が虎《とら》に変わる……っていうのは？」

さり気なくつぶやくと、叔父はパッとこちらに顔を向けてきた。

不思議そうに目をしばたたかせて、首を捻《ひね》る。

「伝説だろ？　始皇帝《しこうてい》が虎だった、って……まぁ、皇族に威厳《いげん》を持たせるための、よくある神格化だろうな。おまえ、ファンタジーかよ、とかってガイドの話をバカにしてたくせに……真《ま》面目《じめ》な顔で、なにを言い出すんだ」

クスリと笑われてしまった。

あの時の自分が、笑って受け流したのは確かだ。バカにしたつもりはなくても、軽《かろ》んじただろうと言われれば違うとは答えられない。

「創作っていうか、ファンタジーだと思ってたんだけど……なんか、ちょっともうバカにできない……かも」

「アヤ？」

礼渡が、真面目な顔と声でポツポツと語ったせいか、名前を呼びかけてくる叔父の声が緊《きん》張《ちょう》を含んだ硬《かた》いものになる。

あんな話を聞かされたら、ファンタジー映画かゲームのようだと笑うのは、礼渡だけではないはずだ。

今時、子供騙《こどもだま》しのホラーでも、もっとそれらしく凝《こ》った話が溢《あふ》れている。

言い訳だが、そんなふうに笑った時と今では状況が違う。

「あのさ」

思い切って叔父を見上げた礼渡は、叔父の斜《なな》め後ろに立つ女官をチラリと見遣《みや》って不自然に言葉を途切《とぎ》れさせた。

「どうした？　言いかけて止《や》めるなよ。気になるだろ」

「うん。ごめん」

叔父の言い分は尤《もっと》もだ。

でも、こちらをジッと見詰《みつ》めている女官の目が気になる。

小さく嘆息《たんそく》すると、紅い実の生る果樹に背を向けた。

「これ以上、樹には近づけないし……戻《もど》ろう。日本語での会話はわかんないだろうけど、あまり聞かれたくない」

「ああ……」

うなずいた叔父は、後ろ髪《がみ》を引かれる様子で一度だけ果樹を振り返って、宮殿へと戻る礼渡の後についてきた。

□□□

最初の夜は礼渡が、昨夜《ゆうべ》は叔父が使った寝所《しんじょ》に入り、並んで寝台に腰《こし》かける。

廊下《ろうか》には監視……いや、護衛が控《ひか》えているはずだが、さすがに室内にまで入ってこようとはしなかった。

扉《とびら》がないので密室とまでは言えないが、ようやく落ち着いて話せる空間にホッとして、一つずつ叔父に語る。

叔父と別れた後、ガイウスの私室に連れ込まれて強引《ごういん》に押し倒《たお》されたこと。

逃《に》げようとして寝台から落ち、滲《にじ》んだ血をガイウスが舐《な》めて……黄金にも見えるオレンジの毛に覆《おお》われた虎に身を変えたこと。

これまで虎に変わることができなかったガイウスが、どうやら礼渡の血を舐めたことで初めて完全な虎へと変化して……側近のセネカにそれを知られたこと。

しかもアルカスでは『始祖の姿の皇帝《こうてい》』つまり虎の姿が、皇帝としては絶対的に必要で、ガイウスを虎に変えられる存在である礼渡はこれまで以上に重要な立ち位置に就《つ》いてしまったらしいこと。

「このままじゃ、本当にガイの妃《きさき》ってヤツにされそう……」

叔父は、荒唐無稽《こうとうむけい》と言われても仕方のない礼渡の話を、笑ったり茶化《ちゃか》したりすることなく無言で最後まで聞いていた。

礼渡が語り終えてから、十数秒。

思案の表情で沈黙《ちんもく》していたけれど、腕《うで》を組んでポツリと口にする。

「虎……か」

「なにか気になる？」

礼渡は、叔父がガイドから聞いたという話を又聞《またぎ》きしたのだ。もしかして、その伝説というものには重要ななにかが潜《ひそ》んでいるのでは……と身を乗り出したけれど、叔父の口から出たのは礼渡の期待から外れたものだった。

「本当に虎に姿を変えられる人間がいるなら、ちょっとばかり腑《ふ》に落ちたことがある」

「どういうこと？」

「俺がここに来た時、密林で人影《ひとかげ》を見かけて追いかけた……って言っただろ。子供みたいだったんだが、虎の耳と尻尾《しっぽ》が生えてた」

淡々《たんたん》とした声で語られた言葉に、目を見開く。

虎の耳と、尻尾のある人影だなんて……思い出したからついでに、という空気で語るものではない。

日本なら、作り物を装着して遊んでいるのだろうと気にも留めないが、そんなオモチャなど存在しそうにないここでは超常《ちょうじょう》現象だ。

「……っ、なんでそんな重要なこと、今まで黙ってたんだよっ」

叔父《おじ》の二の腕をガシッと掴《つか》み、駄々《だだ》を捏《こ》ねる子供のように揺《ゆ》さぶる。

そんなにインパクトのあることは、礼渡と顔を合わせてすぐ、昨日の段階で話すべきではなかろうか。

「目の錯覚《さっかく》かと思ったんだ。だって、虎の耳と尻尾だぞ？　普通《ふつう》の人間にはないものだろ。誰《だれ》かに言っても、作り物か幻覚《げんかく》だと笑われて終わりだ」

「それは……そうかもしれないけど」

礼渡も、ガイウスが虎に変化するところや虎の耳や尻尾を生やしている姿を見ていなければ、叔父が言う『虎耳や尻尾のある人影』をすぐには信じられなかっただろう。

納得《なっとく》しかけて、うなずこうとしたけれど……ピタリと頭の動きを止めた。

「子供？　虎耳と、尻尾のある？」

虎に変化するのは、アルカスの皇族だけのはずだ。ということは、その子供とやらはガイウスの血縁《けつえん》者だとしか思えない。

「ああ。追いつけなかったから、ハッキリとはわからないが、十歳そこそこかなぁ。メチャクチャすばしっこかった。皇族に虎の特徴が出るのなら、間違《まちが》いなくここの関係者だろ。皇帝の子供か？」

皇帝の子供、と耳に入った言葉を「違《ちが》う」と即座《そくざ》に否定する。

それが、五歳そこそこの幼児なら礼渡も疑ったかもしれないが……。

「十歳前後だろ？　いくらなんでも、それは考えられない」

戦国時代の日本でも、人質《ひとじち》のように幼い子供たちを結婚《けっこん》させていたと歴史で習った。現代でも、好ましくないそういう制度の残る地域があることは知っている。

だからといって、いくらなんでも十九歳のガイウスに十歳前後の子供がいるとは、思えなかった。

「ガイウス、年齢詐称《ねんれいさしょう》をしていなければ十九歳だってさ」

そういえば、叔父にはガイウスの年齢《ねんれい》を話していなかったかと思い至り、ポツリと告げる。

その途端《とたん》、叔父は面白《おもしろ》いほどわかりやすく驚《おどろ》きを表した。

「は……あ？　あんなに、態度とガタイのデカい男が、十九歳？」

滅多《めった》なことでは動じない叔父でも、やはりガイウスの年齢は予想外のものらしい。目を瞠《みは》って、絶句している。

「証明書とかは見てないから、本人が言うには……だけど。歳を知ったら、確かに子供っぽいところもあるんだよね。我儘《わがまま》だったり、拗《す》ねたりして」

「でも、あの落ち着きは十代のモノじゃないだろー」

余程《よほど》ショックだったのか、叔父はしばらく、

「あり得ん。老《ふ》け過ぎだ」

とか失礼な台詞《せりふ》をブツブツ言っていたけれど、気を取り直したようにため息をついて、礼渡の髪《かみ》を撫《な》で回してきた。

「おまえ、その皇帝の、嫁《よめ》になる気は……」

「ない。聞くまでもないだろ」

再確認《さいかくにん》しようとしたのかもしれないが、ハッキリ言って愚問《ぐもん》だ。あるわけないだろうと、叔父を睨《にら》みつける。

「はは、悪い。念のため聞いてみたが、そうだよな。じゃあ、やっぱり……早めにここを出るか、外と連絡《れんらく》を取って迎《むか》えに来てもらうしかないか」

その案には、賛成だ。叔父より、礼渡のほうが一刻も早くここを離《はな》れたがっていると思う。

ただ、そうするためには現実問題が立ちはだかっていて……。

「ここを出る、ってどこに向かって？」

叔父に、なにか策があるのだろうか。話を聞く限り、礼渡と同じく偶然辿《ぐうぜんたど》り着いたようなのだが。

もしかして散策中に小道でも見つけたかと、かすかな希望が湧《わ》いた。

けれど、直後に叔父が続けた台詞によって、その希望が消え失《う》せる。

「うーん……それが問題だな。ボトルレターでも作って、川に流すか？」

「大ちゃん、おれ今、そういう冗談《じょうだん》を笑う心身の余裕《よゆう》がないんだけど」

直前まで真面目《まじめ》に語っていたかと思えば、オチがそれか。どうにも緊張感《きんちょうかん》の乏《とぼ》しい叔父に、顔を顰《しか》める。

礼渡が低い声で咎《とが》めたせいか、叔父はわざとらしい空咳《からせき》をしてフォローになっていない言葉をつぶやく。

「すまん。ちょっとだけ本気だった」

「……もっとタチが悪いよ」

睨みつける気力もなくなり、肩《かた》を落として特大の息をつく。

長くアルカスにいる気はないけれど、当てもなく密林を彷徨《さまよ》うのは無謀《むぼう》だ。見つけてくれるのを待つ、という他力本願な手段に頼《たよ》るしかないのはもどかしい。

なんとかして外部に連絡を取るか、確実な方法でここを出るか……。

膝《ひざ》の上で両手を組み合わせ、足元を睨みつけて現状を打開する術《すべ》を考えていた礼渡は、「あ」と一言つぶやいて顔を上げた。

「なんだ？　名案が浮《う》かんだか？」

「名案かどうかは、わかんないけど……近隣《きんりん》の村と、定期的に物々交換《ぶつぶつこうかん》しているってガイウスに聞いたんだ。ここでは作れないものを、そうやって手に入れてるんだってさ。ということは、その村に行くか……そこから誰かが来る、ってことだよな？」

昨日の昼、ガイウスから聞いた話を思い出した。

アルカスは自給自足を基本としているけれど、気候的に作れない果物や農作物、生活用品をアルカスの特産品との物々交換で得ていると。

行商人がここにやって来るのか、ここから遣《つか》いが出向くのか……閉鎖《へいさ》的な国でも、外部との交流がまったくないわけではないのだ。

「すげぇ有力情報だな。それなら、外部と行き来するための安全な行路があるんだろうし……永遠にここから出られない、ってわけじゃなさそうだ」

「怖《こわ》いこと言うなよっ」

ポツリと付け足された最後の一言に、瞬時《しゅんじ》に鳥肌《とりはだ》が立った。礼渡はゴシゴシと腕を擦《こす》りながら、頭を左右に振《ふ》る。

永遠にここから出られない……なんて、まるでホラー映画だ。

「だって、ちょっと疑ってたんだよな。異空間に迷い込んだんじゃないか……ってさ。猛毒《もうどく》のある実とか、虎《とら》に変身する皇帝とか……いろいろと不思議なことがありすぎる。密林の奥にしては立派な宮殿《きゅうでん》に、意外なくらい文化的な生活……衣食住すべてが豊かだろ。現実と不思議世界の、狭間《はざま》みたいだ」

最新技術をつぎ込んだ、テーマパークって言われたほうが納得できる……と、怪訝《けげん》そうな顔に困惑《こんわく》をたっぷり浮かべながら、首を捻《ひね》っている。

礼渡も、最初の夜に感じたことだった。現実と非現実が混在していて、異空間に来たみたいだ……と。

「でも、テーマパークで人間が虎に変わったら……大問題じゃないか？」

「うーん、CG……無理があるか」

結局、叔父は「ワケがわからん」という結論に行き着いたらしい。それに関しては、礼渡も全面的に同意だ。

「とりあえず、おまえが姫《ひめ》じゃないっていうのがバレたのは、皇帝《こうてい》にだけ……か。男だと知っていて、嫁にする気……か？　男だったとしても、威信《いしん》を保つのに『虎姿』が必要なのかもしれないが。側近には知られるなとか忠告したり……いいように利用するだけかと思えば、おまえの立場が悪くならないよう気を遣っている感じでもある。んー……なにを考えているのか、わからんな」

「うん……もう、本当にわかんない」

ガイウスに関しても、叔父の言葉に全面同意だ。

礼渡を傍《そば》に置く……皇妃《こうひ》にすることのメリットは、たぶん変身に必要だから……で、セネカや他《ほか》の侍従《じじゅう》に男だと知られないようにしろと言ったのは、礼渡と叔父が不当な扱《あつか》いを受けないように、という意図だろうと思う。

傲慢《ごうまん》で自分勝手なのかと思えば、気遣いを覗《のぞ》かせる。

時と場合によって印象が変わるせいで、ガイウスの本質がどこにあるのかよくわからない。

セネカは、『虎姿』になれないことだけが皇帝として問題だったと言っていた。確かに、少し話しただけで、アルカスのことをきちんと考えているよき皇帝であることは想像がつく。民《たみ》からの敬愛を得ているようにも見える。

外国を見て回り、アルカスのためになるよう色んなものを吸収したと語ったガイウスを思い出す。

ここの暮らしより華《はな》やかで便利な環境《かんきょう》に身を置いても、アルカスを背負う責務があるのだから戻《もど》るのは当然だと断言した。

でもそれらすべてが、始祖の……虎の姿を持たなければ認められないのは、なんだか理不尽《りふじん》では。

「アヤ？　珍妙《ちんみょう》な顔で、どうした？」

「あ……なんでもない。変な顔で悪かったな」

思考の海に漂《ただよ》っていた礼渡は、自分の頬《ほお》を両手で叩《たた》いて叔父《おじ》に顔を向けた。

ククッと肩を揺《ゆ》らして笑った叔父が、礼渡の頬を人差し指の先でツンと突《つ》く。

「変とは言ってないだろ。イケメンの卑下《ひげ》は嫌《いや》みだ。皇帝も、メロメロの溺愛《できあい》って感じだったし。どれだけラブラブなのかと、ちょっとビビったぞ」

いつもの叔父の冗談だとわかっているが、ムッとして眉《まゆ》を顰《ひそ》める。

確かに、礼渡が戸惑《とまど》い、逃《に》げ腰《ごし》になるほどベタベタに甘やかそうとしていた。姫のふりをしなければならないと自分に言い聞かせて耐《た》えていたが、そのうち我慢《がまん》の限界が訪《おとず》れてガイウスを殴《なぐ》りそうだ……と懸念《けねん》していたくらいだ。

けれど、その忍耐《にんたい》も、もう終わりだ。

「……それも、おれが女だと思っていた時は、だけどな。男だってわかったら、朝の態度だよ。とりあえず、次に外の村と交流するのはいつかわかんないけど、その機会をうまく使って出て行くか……伝言を頼《たの》む。おれはどうやら、ガイにとって利用価値があるみたいから、身の安全は確保できてるだろうし」

礼渡が、本当は男だと知っているのは、叔父の他にガイウスだけだ。とはいえ、女のふりをするという大きなストレスがなくなったのだから、幸いだと思うことにしよう。

昨夜《ゆうべ》のアレコレはガイウスが礼渡を女だと思っていたことが原因で、男だと知ったからには寝台《しんだい》に連れ込もうという気になどならないはずだ。

不幸な事故だったと、忘れてしまえ。

「そうだな。あの側近……セネカとかいう男が、どうにも胡散臭《うさんくさ》いんだが。日本語、わからないんだよな？」

「そのはず……だけど」

セネカが胡散臭いのは、確かにそのとおりだ。

ガイウスにとって、特別な存在であることは間違《まちが》いない。それも、臣下というより対等に近い関係で……どう言えばいいか、軽口を叩き合う様子は『悪友』という雰囲気《ふんいき》だ。

この国の人間ではない、と聞いたけれど……謎《なぞ》だ。

「不気味だけど、実害がなければいいや。ここを出たら……関係なくなるし」

「ま、そりゃそうか。じゃあ、休暇《きゅうか》だとでも思ってのんびりするかぁ。残念ながらカメラはないけど、スケッチはさせてもらえるかな。宮殿の敷地《しきち》内だけでも、いくつも珍《めずら》しい草が生えてたんだ」

「スケッチくらいは大丈夫《だいじょうぶ》じゃないかな。筆記用具と紙がないか、ガイに聞いてみる。あ、でも……姫じゃないことがバレたおれのおねだりを、聞き入れてもらえなかったらごめん」

どことなく皮肉を含《ふく》んだ自虐《じぎゃく》的な響《ひび》きになってしまい、「あれ？」と眉根《まゆね》を寄せる。

なんだか、変な気分だ。

ガイウスの態度がガラリと変わり、叔父曰《いわ》くクールになったからといって、礼渡が「男で悪かったな」と……卑屈《ひくつ》になる理由などないのに。

不可解な自分が気持ち悪くて、胸元《むなもと》の柔《やわ》らかい布をギュッと握《にぎ》り締《し》める。

礼渡の様子は不自然だと思うのに、叔父はなにも言わない。

静か過ぎて、奇妙に速まる鼓動《こどう》が叔父にまで聞こえてしまうのではないかと、怖くなる。

「失礼します。ガイウス様が、軽食をご一緒《いっしょ》しようと……アヤト様たちをお呼びです」

廊下《ろうか》から控《ひか》え目に声をかけられて、ハッと顔を上げた。

よかった。なんとなく重い空気が、吹《ふ》き飛んだ。

「あっ……はい。すぐに。大ちゃん、軽食だってさ。ガイが待ってるみたいだから、行こう」

弾《はず》みをつけて腰《こし》かけていた寝台から立ち上がると、叔父を振り返る。

座ったまま礼渡の顔を見上げた叔父は、

「ああ……」

と短く答えて腰を上げ、礼渡の隣《となり》に並んだ。歩きながら礼渡の背中の真ん中をポンと叩き、小声でつぶやく。

「あんまり深入りするなよ」

「え？」

その言葉が耳に飛び込んできた瞬間《しゅんかん》、反射的に叔父を見上げた。

どういう意味だ？

わからない、と顔に書いてあるのか、真顔で礼渡を見ていた叔父がふっと表情を緩《ゆる》ませる。

「予想外に……つったら失礼かもしれないけど、飯も美味《うま》いし、当面の不自由はないよな。土産《みやげ》っつーか、コッソリ持ち帰った箱を開けたらジイサンになったりして」

「それ、浦島太郎《うらしまたろう》だろ。しかも、コッソリ持ち帰るのはドロボーだし」

「はは、やらないって」

軽く睨《にら》んで咎《とが》めた礼渡に、叔父はいつも通りの笑顔《えがお》を見せて、グシャグシャと髪《かみ》を撫《な》で回してくる。

その言葉を礼渡に告げた叔父の意図はわからなかったけれど、「深入りするな」という言葉はキチンと届いていた。

深入り？

アルカスに？　それとも……ガイウスに？

疑問が頭の中を巡《めぐ》り、「しない。するわけがない」と声に出すことなく否定した。

機会を見つけて、早くここから出て……日本に帰る。

帰りさえすれば、ファンタジー映画を観《み》終わったような気分で、遠い世界の出来事として記《き》憶《おく》の隅《すみ》に追いやられるはずだ。

人工的な色彩《しきさい》や光に溢《あふ》れ、なにかと慌《あわ》ただしい都会で生活をするうちに、この国の生活など薄《うす》れて……忘れる。

そうなるに決まっている。

うまく消化できない奇妙な塊《かたまり》を胸の奥に抱《かか》えた礼渡は、唇《くちびる》を噛《か》んで自身に言い聞かせながら、固く冷たい石造りの廊下をゆっくりと歩いた。

《八》

「アヤト。起きろ。朝だ」

「ん――……」

肩《かた》をトントンと叩かれ、眉間《みけん》に皺《しわ》を刻む。もう少し寝《ね》たい……と寝返りを打とうとしたところで、肩にあった手が髪に触《ふ》れてきた。

指を使い、そっと髪を梳《す》かれるのは思いもよらず心地《ここち》よく、とろりとした眠《ねむ》りに再び意識が沈《しず》む……。

安穏《あんのん》とした眠りに身を預けようとしたところで、

「俺に起こさせるなど、おまえくらいだぞ」

「っ！」

耳のすぐ傍《そば》で聞こえた低い声に、ビクリと瞼《まぶた》を開いた。

一番に視界に飛び込んできたのは、生成《きな》りの布……就寝《しゅうしん》用の、簡素な服だ。そろりと視線を上げれば、金色の瞳《ひとみ》と目が合う。

しまった！　そうだ。ここはガイウスの寝所だった。

湯浴《ゆあ》み後に夕食を摂《と》り、叔父と共に広間を出て行こうとしたところで「どこに行く気だ、アヤト」とガイウスに呼び止められたのだ。

「おまえは、俺の寝所だろう」

傲慢な命令にムッとしたけれど、セネカや侍従《じじゅう》たちの手前、拒《こば》むことなどできなくてガイウスと共に宮殿《きゅうでん》の奥へ向かった。

寝所に入るなり腕《うで》を摑《つか》まれ、逃げかかる礼渡の抵抗《ていこう》を完全無視したガイウスに連行されて、当然のように寝台へと引き倒《たお》されたのだ。

妙《みょう》なことをするなら大暴れしてやろうと身構えていたのに、ガイウスは礼渡を両腕に抱《だ》き込んだきりなにをするでもなく……やがて、寝息を立て始めてしまった。

警戒《けいかい》していた自分が、自意識過剰《かじょう》のバカみたいではないかと脱力《だつりょく》し……淡《あわ》いオレンジの光を放つランプに照らし出される端整《たんせい》な顔を睨んだのだが、いつの間にか礼渡も眠りに落ちていたようだ。

ガイウスが起きたのにも気づかず、能天気に眠り続けていた自分の図太い神経に呆《あき》れる。

しかも、ガイウスに抱かれた体勢のままだ。腹のところにガイウスの腕が乗っていることが、重みでわかる。

目覚めてすぐの頭と身体《からだ》は動きが鈍《にぶ》く、硬直《こうちょく》していると、視線の合ったガイウスがクスリと笑った。

「ぼんやりとして、どうした？　ああ……そうか。気づいてやれなくて悪かった。目覚めの口づけを待っているんだな」

違《ちが》うから！　と礼渡が否定するより早く、目を開けているのに視界が暗くなる。

唇にやわらかなものが触れ、緩慢《かんまん》な動きながら逃《のが》れようと身を捩《よじ》った。

「ン……、ぅ、っ……ガイ！」

傲慢《ごうまん》で、無遠慮《ぶえんりょ》なキスだ。広い背中を叩《たた》いて非難を伝えても、抵抗の内に入らないとばかりに口づけが濃度《のうど》を増す。

「んっ、ぁ……ふっ、や、ぁ……っ！」

ガイウスの背中を叩いていた手から、力が……抜《ぬ》ける。

味わうように舌が絡《から》み、このままでは……。

「ダメ、だって！　また、虎《とら》耳と尻尾《しっぽ》が出るんじゃないか？」

力いっぱい伸《の》し掛《か》かってくるガイウスの肩を押し返すと、ようやく口づけから逃れることができた。

荒《あら》い息を繰《く》り返しながら、ガイウスの頭をジッと見据《みす》える。

耳……は、虎のものに変化していない……か？　尻尾も、生えていない。

どうやら、これくらいのキスでは変化するには不足のようだ。ホッとして、大きなため息をついた。

「虎化したところで、別に問題はないだろう。どうせ、声をかけに来るのはセネカなんだ。見られても、どうということはない」

まったく気にしていないらしいガイウスに、だからだ、と目つきを鋭《するど》くする。

「そのセネカが虎耳とか尻尾を見たら、なにやってたか知られるだろ！」

朝っぱらから深いキスを交《か》わしました、と語らずとも大っぴらにするのと同じだ。恥《は》ずかしすぎる。

ガイウスは、不敬な礼渡の態度に機嫌《きげん》を損《そこ》ねるでもなく、逆に嬉《うれ》しそうに唇の端《はし》を吊《つ》り上げた。

「アヤトは恥じらい深いな。……悪くない」

「褒《ほ》めてるつもりなら、的外れ。全然、嬉しくない。だから、離《はな》れろって。そろそろ、セネカが来るんだろ……っ」

「お気になさらず。……仲睦《なかむつ》まじいのは、喜ばしい限りです」

寝台の上でジタバタしていると、当のセネカの声が耳に飛び込んでくる。慌てた礼渡は、ガイウスから少しでも距離《きょり》を置こうと寝台から飛び降りた。

その途端《とたん》、背後から二の腕を摑まれてビクリと動きを止める。

「アヤト！　無茶《むちゃ》をするな。また怪我《けが》をしたら、どうする」

「あれは、暗かったから……だし。大丈夫《だいじょうぶ》だよ」

ガイウスの剣幕《けんまく》に驚《おどろ》き、振《ふ》り向いてしどろもどろに口を開く。

危《あや》うく、「女じゃあるまいし。過保護だな」と口を滑《すべ》らせそうになってしまい、視界の隅に映るセネカの銀髪《ぎんぱつ》に気づいてなんとか喉《のど》の奥に押し戻《もど》した。

そうだ。セネカがいるのだから、表面上だけでも『ガイウスに大切にされている姫《ひめ》』を装わなければならない。

「アヤトは、元気がよすぎる」

「……淑女《しゅくじょ》じゃなくて、スミマセンね」

摑んでいた礼渡の腕を解放したガイウスは、ため息をついて寝台から降りてきた。

当然のように両腕が巻きついてきて、背中を包み込むように抱《だ》き寄せられる。背中で感じるガイウスのぬくもりに、戸惑《とまど》った。

「放せって。乱暴者の姫は可愛《かわい》くないだろ」

何故《なぜ》か心臓の鼓動《こどう》が激しくなり、それを誤魔化《ごまか》そうとするあまり、つっけんどんな態度になってしまった。

「威勢《いせい》がいいのは、嫌《きら》いではない……と言わなかったか」

確かに、聞いたような気がする。寝台の上で、伸し掛かってくるガイウスから逃れようと四苦八苦していた時に……。

その状況《じょうきょう》をクッキリと思い出してしまい、無言で奥歯を噛んでそっぽを向いた。

心臓が、ますます動悸《どうき》を激しくしている。

なかなか収まってくれないのは……ガイウスの腕が、礼渡を抱き寄せたまま離れていかないせいもあるに違いない。

「ガイウス。アヤトと戯《たわむ》れるのも結構ですが、広間に朝食の準備が整っています」

「うわっ」

淡々《たんたん》とした口調で語ったセネカの声に、礼渡は思わず小さな声を上げてガイウスの腕を振り解《ほど》いた。

彼の存在を、忘れていたわけではない。ほんの少し、視界……と意識の端に追いやっていただけだ。

「セネカ。野暮《やぼ》だな」

邪魔《じゃま》されたと言わんばかりの苦い声で、ガイウスがぼやく。セネカは、それにも変わらない調子で切り返した。

「後ほど、ごゆっくりと続きをどうぞ。マルクスから、朝食に同席したいと申し出があったのですが……よろしいですか。どうやら、とうとう離宮《りきゅう》にまでアヤトについての噂《うわさ》が行き届いたようで、お目通りを……との申し出です」

マルクス？

セネカの言葉の意味が半分もわからない礼渡をよそに、ガイウスはさほど考える様子もなくうなずいた。

「むろん、歓迎《かんげい》すると伝えろ。用がなければこちらに来ないとはいえ、そのうちアヤトと顔を合わせるだろう。今のうちに正式に紹介《しょうかい》しておいたほうが、面倒《めんどう》がない」

「御意《ぎょい》。では、そのようにお伝えしておきます。お二人の替《か》えの衣《ころも》は、こちらに置いて行きますので」

寝台の隅《すみ》に二人分の衣装を置いたセネカが、踵《きびす》を返して廊下《ろうか》へ出て行く。

静かな部屋にガイウスと二人きりになり、礼渡はおずおずと顔を上げた。金色の瞳と視線を絡ませて、尋《たず》ねる。

「ガイ、マルクス……って誰《だれ》？」

はぐらかされるかもしれないと思っていたけれど、ガイウスはあっさりと礼渡の疑問に答えをくれた。

「アルカスの皇太子だ。数えで十になる、異母弟だ」

皇太子？　十歳の、ガイウスの弟。

つまり、皇帝《こうてい》の血を継《つ》ぐ存在……ということは。

「そのマルクスって、虎の耳とか尻尾……普通《ふつう》の時でも出てたりする？」

叔父《おじ》が、アルカスへ辿《たど》り着くことになった要因でもある人影《ひとかげ》はその人物ではないかと、点と点が繋《つな》がる。

唐突《とうとつ》な質問に、ガイウスは怪訝《けげん》そうな顔で聞き返してきた。

「何故、そのようなことを？」

「密林の中で、叔父……ダイキが、見かけたって言ってたから。十歳くらいの子供で、虎の耳や尻尾があるように見えた、って」

「チッ、あいつめ……あれほど、密林では遊ぶなと言っているのに」

このガイウスの反応は、答えが『イエス』だと語っているようなものだ。

やはり、叔父が密林で目にしたのはガイウスの弟、アルカスの皇太子らしい。

「マルクスは、俺と違って母もアルカスの人間だ。先祖を辿れば、皇族の血を引いている由緒《ゆいしょ》正《ただ》しい家系で……それ故《ゆえ》、皇位継承《けいしょう》権を有するのに相応《ふさわ》しい姿をしている」

「虎の、耳とか尻尾がある……ってことか」

どうやらこの宮殿《きゅうでん》とは違う場所にある、離宮で生活しているらしいので、礼渡はこれまでその弟と顔を合わせなかったのだろう。

そう納得《なっとく》しかけたところで、セネカが語った言葉が頭に浮《う》かんだ。

「皇太子派が、不穏《ふおん》な動きをしている……とか、言ってたけど」

「マルクスの意思とは異なるところで、勝手な企《たくら》みを持つ者がいるのだ。虎に変化できないと噂される不適格な皇帝を引きずり下ろし、より相応しい存在を帝位に就《つ》けたほうがいい……と。水面下で俺の失脚《しっきゃく》を望むものは、少なくない」

ガイウスは淡々と語ったけれど、内容はきな臭《くさ》いとしか言いようのないものだ。

なにより、『虎に変化』できないだけで、皇帝として相応しくないと決めつけるのは、ずいぶんと乱暴ではないだろうか。

セネカも、それ以外はなにひとつ問題のない資質を備えている……と言っていた。

「虎に変われるかどうか……って、そんなに重要なこと？　アルカスに、ガイウス自身が必要なんじゃないのか？」

なるほど、とガイウスの言葉にうなずくことができない。

大事なのは、血統や、その証明とも言える『特別な姿』ではなく……個人の能力と人格ではないだろうか。

そんな礼渡の疑問を、ガイウスは「当然、重要だ」と払《はら》い退《の》けようとする。

「少なくとも、アルカスにとっては……そういうもの、としか説明のしようがない。外国人のアヤトには、理解できないかもしれないが」

「理解なんかできるかよっ。だって、ガイはアルカスのために……って、いろいろ考えてきたんだろ。外国を見て回って得た知識を、取捨選択《せんたく》して少しでもよくしようと……。なのに、虎《とら》に変化できないから失格だなんて、理不尽《りふじん》だ！」

話しているうちに次から次へと憤《いきどお》りが湧《わ》き出して、声のトーンが上がってしまう。

胸の奥が、イガイガする。

古い慣習から抜《ぬ》け出せないらしいアルカスの民《たみ》にも腹が立つし、上手《うま》くフォローできない自分自身にも苛《いら》立《だ》ちが募《つの》る。

頭に血を上らせる礼渡を、ガイウスは不思議そうに目に映して首を傾《かし》げた。

「……何故、おまえが怒《おこ》る。アヤトのことではないだろう」

「怒るよっ。ガイが怒らないから、代わりにおれが腹を立ててんだ。あー……もう、モヤモヤするっ」

そうだ。一番腹立たしいのは、ガイウス自身が諦《あきら》めきっていることだ。

ガイウスが望んで、アルカスの血が薄《うす》いわけではない。皇族に生まれたかったわけでもないはずだ。

自身の不遇《ふぐう》を嘆《なげ》き、怒ればいいのに……。

もどかしさのあまり、視界が白く霞《かす》む。出口を求めてグルグル渦巻《うずま》いていた昂《たかぶ》りが、涙《なみだ》となって滲《にじ》み出てしまったらしい。

「アヤト。そんなに……辛《つら》そうな顔をするな」

「っ、見るなよ。みっともないから」

ガイウスが両手で礼渡の頬《ほお》を包み、顔を上げさせようとする。首を振《ふ》ってその手から逃《のが》れようとしたけれど、ガイウスは手の力を緩《ゆる》めてくれなかった。

指の腹で目尻《めじり》を拭《ぬぐ》われ、必死で目を逸《そ》らす。

「なぁ、アヤト……この涙は、俺のためのものか」

「泣いてない。涙なんかじゃないし、もしそんなふうに見えたとしても、ガイのためってわけでもない」

目を逸らしたまま、ぶっきらぼうに答える。態度でも頑《かたく》なに否定していると、ガイウスが背中を屈《かが》めて目元を舐《な》めてきた。

「ガイ！」

「アヤトは、涙も甘いんだな。花の蜜《みつ》のようだ」

恐《おそ》ろしいまでの美形が、至近距離《きょり》で甘ったるい台詞《せりふ》を吐《は》きながら華《はな》やかな笑《え》みを浮かべる。

その破壊力《はかい》は、抜群《ばつぐん》だった。

なにも言えず、勝手に首から上が熱くなるのを感じる。どんどん血が集まり、きっともう耳まで赤い。

「真っ赤で、ますます甘そうだ」

クスクス笑ったかと思えば、再び目尻に舌を這《は》わせてくる。

「ゃ、だから……もう、舐め……ッん」

舐めるな、と顔を背《そむ》けようとしたら、今度は唇《くちびる》を舐め濡《ぬ》らされた。ノックするように舌先で前歯をつつかれ、顎《あご》の力を反射的に抜いてしまう。

頭の中では「ダメだ」と繰《く》り返しているのに、拒絶《きょぜつ》できない。ガイウスのキスは、礼渡の思考力を鈍《にぶ》らせる麻薬《まやく》みたいだ。

「ン……、ぅ、っは……ぁ」

遠慮容赦《えんりょようしゃ》なく濃度《のうど》を増すキスに、足が震《ふる》えそうになる。縋《すが》るものを求めてガイウスに両手を伸《の》ばし、夢中で首に巻きつかせた。

どうしよう。気持ちいい。キスも……抱《だ》きついた手に触《ふ》れる、ガイウスの髪《かみ》の感触《かんしょく》も。やわらかな、獣毛《じゅうもう》……も？

「ぁ、ガイ……、耳……っ」

「ああ、あー……こっちも、だな」

ガイウスの肩《かた》の向こうに見えるのは、オレンジと白の毛で虎模様を描《か》く長い尻尾《しっぽ》だ。ふらふらと、左右に揺《ゆ》れている。

先ほどのキスでは、無事やり過ごせたとホッとしたのに、今度こそ部分的に虎化してしまっ

たらしい。

「よく考えたら……ガイに虎耳や尻尾があっても、問題はないんだよな？　逆に、なかったのが問題だったんだから」

　出現の条件を知っているセネカと叔父に対して、自分が恥《は》ずかしい思いをするだけだ。

　ガイウスにしてみれば、侍従《じじゅう》たちにこの状態を目撃《もくげき》されたところで、威厳《いげん》を見せつけるだけか……と小さく息をついたけれど、ガイウスは難しい顔で口を開いた。

「チッ、調子に乗ったな。朝食は、セネカにここまで運ばせるか。マルクスとの対面は、夕食の席でもいいだろう」

　まるで、人目を避《さ》けようとしているみたいだ。

　ガイウスにとって、虎の片鱗《へんりん》を見せるのは決して悪いことではないはずなのに？

　どうしてだ、と。尋《たず》ねようとしたのに、ガイウスは礼渡をその場に残して部屋の出入り口へと歩を進ませる。

　暖簾《のれん》のような布越《ご》しに、廊下《ろうか》に向かって声をかけた。

「俺とアヤトの朝食を、ここに運ぶように伝えろ。入室を許可するのは、セネカのみだ」

　相手の返事は聞こえなかったけれど、簡潔にそれだけ伝えたガイウスは、すぐに取って返してくる。

　礼渡と視線を絡《から》ませ、なにか言いたげな顔をしていたけれど……表情を消して、ふっと顔を背ける。

「セネカが来るまでに、着替《きが》えろ」

「……うん」

硬《かた》い声でそう言ったガイウスに、なにも言えなかった。指差された布を手にして、ゆっくり着替える。

すぐ傍《そば》で、ガイウスも衣装を身に着けていたけれど、終始無言で……なにを思っているのか、微塵《みじん》も感じ取れない。

どうしてだろう。セネカ以外には、虎の片鱗を隠《かく》そうとしているようにも見える。

それは、なんのために？

虎耳や尻尾が、ガイウスにとってプラスになることはあっても、マイナスになることなど一つもないはずだ。

今はまだ、そのタイミングではないというだけ……か？

床《ゆか》に垂れ下がった長い虎柄《とらがら》の尻尾をジッと見詰《みつ》めたところで、そこに答えなどあるわけがなかった。

□
□
□

朝食後、セネカが食器を下げて二人きりになると、ガイウスが窓から差し込む陽光に尻尾を翳《かざ》した。

白地に、深いオレンジの虎模様の尻尾は、こうして見るとやはり綺麗《きれい》だ。太陽の光を浴び、キラキラ輝《かがや》いている。

ガイウスの髪よりは濃《こ》い色味だが、どちらも金と呼ぶことのできる美しさで、不思議な心地《ここち》だった。

感嘆《かんたん》の息を密《ひそ》かに零《こぼ》した礼渡は、見惚《みと》れていることを知られないように、さり気なく目を逸らす。

初めて目にした時は、怖《こわ》い……奇妙《きみょう》なモノだと思ったのに、綺麗だと感じる自分は勝手だ。

「血を舐めたわけではないし、そろそろ収まるだろう」

ポツリとつぶやいてガイウスが尻尾から手を離《はな》した直後、パタパタ……石の廊下を駆《か》ける足音が聞こえてくる。

ここのサンダルは草を編んだものがほとんどなので、普通《ふつう》に歩いていれば音が立つことなどまずない。

その足音はどんどん近づいてきて、小さな人影《ひとかげ》がガイウスの寝所《しんじょ》の出入り口に垂れ下がっている布を無遠慮に掻《か》き分けた。

驚《おどろ》いた礼渡は、パッと顔を上げて出入り口を見遣《みや》る。

部屋に飛び込んできたのは、黒い髪と少し日に焼けた肌《はだ》……アルカスの民の特徴《とくちょう》を備えた、少年だ。

「兄上！　朝食の席にいらっしゃらないので、こちらから来てしまいました！」

「……マルクス！　アヤトの前で、失礼だぞ」

どうやら彼が、ガイウスの弟……皇太子らしい。

ぎこちなく瞬《まばた》きをした礼渡の目は、マルクスの耳と尻尾に釘《くぎ》づけだった。

濃い黄色と、白と……黒。礼渡がイメージする虎柄そのものだ。

ガイウスのような、黒い毛の部分がなく、全体的に色素の薄いオレンジ色を中心とした体毛ではない。

マルクスは普通の人間が持ち得ない耳や尻尾を隠す素振《そぶ》りもなく、堂々と曝《さら》している。皇族の象徴《しょうちょう》として、誇《ほこ》らしげだ。

小走りで近づいてくると、ガイウスと礼渡が腰《こし》を下ろしている大きなクッションの前で立ち止まった。

「こちらの姫《ひめ》が、アヤトですか。初めまして、アヤト。私はマルクスです」

行儀《ぎょうぎ》のいい挨拶《あいさつ》は、皇太子という身分にそぐわしいものだ。

ぼんやりしていた礼渡は、ハッとして慌《あわ》てて頭を下げた。

「マルクス皇太子、ですね。初めまして」

短く、最低限の挨拶はしたけれど、言葉が続かない。礼渡の目前で床に右膝《みぎひざ》を突《つ》いたマルクスは、自然な仕草で礼渡の手を取って甲《こう》に口づけた。

「兄上の妃《きさき》となるのなら、私にとっては姉です。なにより……兄上、そのお姿は」

クッションに座ったままのガイウスの耳と、尻尾は……まだ虎《とら》の特徴を表している。驚いた顔のマルクスは、これまでガイウスが虎姿に変化できなかったことを知っているような口ぶりで質《ただ》す。

「おまえに見せる予定は、なかったのだが……仕方ないな。アヤトの神秘の血が、俺の中に眠《ねむ》っていた始祖の血を呼び覚ました」

マルクスに見せるつもりではなかった、という一言に引っかかりを覚えたのは、礼渡だけのようだ。

当のマルクスは、ガイウスの尻尾をジッと見詰めて嬉《うれ》しそうに笑う。

「そうですか。アヤトが……。よかった。これで、兄上に皇帝《こうてい》として失格だなどと無礼な陰口《かげぐち》を叩《たた》く者はいなくなりますね。アヤトのおかげです」

キラキラとした目でこちらを見ながら礼を言われて、戸惑《とまど》った。

マルクスは、ガイウスを純粋《じゅんすい》に敬愛しているように見える。帝位を奪《うば》おうとしているなどと、疑わしさの欠片《かけら》もない。

そもそも、十歳くらいの子供にそんな意思はあるものだろうか。陰で、よからぬ画策をしている人物がいると考えるほうが、自然だ。

そうわかっているから、ガイウスは「マルクスの意思とは異なるところで、勝手な企《たくら》みを持つ者がいる」と語っていたのか。

「マルクス。俺のこの姿のことは、誰《だれ》にも言ってはならない。おまえの胸の内にのみ、留《とど》めておくのだ」

「どうしてですかっ？　誇るべきことです」

「……まだ、不安定なのだ。いつ現れて、いつ消えるかわからない。確実性のない姿を、披露《ひろう》するわけにはいかないだろう。民《たみ》を集めておいて披露目の場で消え失《う》せたら、恥《はじ》どころかホラ吹《ふ》きだ」

理路整然と言い聞かせるガイウスに、マルクスは不満そうな顔をしていたけれど……、

「返事は？」

そう肩《かた》に手を置かれて、コクンとうなずいた。

承服しかねるが、兄の言葉に逆らう気はないのだと態度で語っている。本当に、ガイウスを慕《した》っているに違《ちが》いない。

「……わかりました。誰にも言いません」

真っ直《す》ぐにガイウスと目を合わせてうなずいたマルクスは、少し接しただけで利発そうな少年だとわかる。

パタパタ床を叩くマルクスの尻尾《しっぽ》を見ていると、ふと礼渡に顔を向けてきた。

「アヤトの供、でしょうか。朝食を共にした男に、アルカスを案内していいですか？　言葉はわかりませんが、果物や青菜を熱心に見詰めていました。きっと、植物に興味を持っているのでしょう」

「あ……大ちゃんに、逢《あ》っちゃったのか」

そうか。朝食のため広間に行ったのなら、叔父《おじ》もその場にいたはずで……この姿のマルクスと遭遇《そうぐう》してしまったらしい。

幸いなのは、事前にアヤトがガイウスについての話をしていたことで、マルクスの耳や尻尾を見ても露骨《ろこつ》に驚かなかったはず……というところか。

「その者は、アヤトの身内だ。失礼な振《ふ》る舞《ま》いはしないように。案内は構わないが、領域内だけにしろ。密林など、危険なところには行くな」

「わかりました。ではアヤト、失礼します」

ガイウスの許可を得たことで嬉しそうにうなずくと、跳《は》ねるような足取りで廊下《ろうか》に出て行った。

元気のいいマルクスがいなくなると、途端《とたん》に静かになる。子供がパワーの塊《かたまり》なのは、世界共通らしい。

「マルクスにも、知らせるつもりはなかった？　ガイの虎耳や尻尾を目にして、あんなに嬉しそうだったのに」

「……そのタイミングではなかった、というだけだ」

硬《かた》い声で、それだけ口にする。表情のないガイウスの横顔は、多く語りたくないと礼渡を拒《きょ》絶《ぜつ》しているようにも見える。

なにを思っているのだろう。ガイウスを知れば知るほど、わからなくなる。

「まったく、マルクスのやつ、子供のくせに……。あのような女の扱《あつか》いを、誰が教えたのやら」

ふっと息を吐《つ》いたガイウスが、礼渡の右手を取った。

どうするつもりなのかわからなくて動けずにいると、マルクスの仕草を辿《たど》るように手の甲へ唇《くちびる》を押しつけてくる。

伏《ふ》せた長い睫毛《まつげ》が、震《ふる》えている。髪《かみ》と同じ色で……綺麗だ。

「ッ……ガイ、おれは姫じゃないんだから、そんなことしなくていい」

チラリと舌先で皮膚《ひふ》を舐《な》められ、慌てて手を引いた。

時が止まったかのように硬直《こうちょく》していたけれど、突如《とつじょ》時間の流れが戻《もど》ってきたみたいだ。これまで自覚しなかった、激しい鼓動《こどう》が耳の奥で響《ひび》いている。

ドクドク……胸の内側で荒《あ》れ狂《くる》い、血液が猛《もう》スピードで全身を巡《めぐ》っていた。

「マルクスには、大人しく身を預けたくせに」

不機嫌《ふきげん》そうに眉《まゆ》を顰《ひそ》めたガイウスは、恨《うら》みがましい口調で大人げなく責めてくる。礼渡は、ため息をついて「なに言ってんの」と睨《にら》んだ。

マルクスは、この場面で引き合いに出す存在ではないと思うのだが。

「人聞きの悪い言い方だな。だいたい、マルクスは子供だろ」

「あと五年もすれば、成人だ。子供扱いも、そろそろ仕舞《しま》いの年齢《ねんれい》だな」

ここでは、十五歳で成人……か。

ガイウスは、帝位について三年だと言っていた。成人した直後に、重責を背負ったということだろう。

「せめて、あと三年ほどは……子供でいさせてやりたいが」

床《ゆか》に向かってのつぶやきは、礼渡に聞かせるための言葉ではなく独り言の響《ひび》きだ。

ガイウスの横顔を見ていると、視線を感じたのかチラリとこちらを見遣る。

「もう少し、つき合ってくれ。いずれ……国に帰そう」

「いずれ、って」

できれば、今すぐ帰りたい。

そう続けようとした礼渡は、一瞬《いっしゅん》だけ目の合ったガイウスの瞳《ひとみ》に孤独《こどく》ともどかしさを見て取り、言葉を呑《の》み込む。

まるで、迷子になって途方《とほう》に暮れている子供みたいで……胸の奥が甘苦しく疼《うず》き、そんな自分に戸惑う。

迷子になった子供といっても、闇雲《やみくも》に泣いて助けを求めるでもない。唇を引き結んで顔を上げ、凛《りん》とした姿で周囲を窺《うかが》っている。

だから、尚《なお》のこと目を逸《そ》らせない。

「いずれだ」

礼渡から視線を逃《に》がして短く繰《く》り返したガイウスは、座していた床のクッションから立ち上がる。

もう礼渡を見ようとはせず、大股《おおまた》で部屋を横切って廊下に出て行く。

「セネカ！　いるか。……どうして、マルクスを引き留めなかった」

廊下に控《ひか》えていたらしいセネカに、文句を告げる声が聞こえてきたけれど、礼渡は動くことができなかった。

ガイウスの唇が押し当てられた手の甲を、無意識にゴシゴシと擦《こす》り……唇を噛《か》む。

頭の中に、唐突《とうとつ》に叔父の言葉が響き渡《わた》る。

『深入りするなよ』

そう真顔で零《こぼ》した、言葉の意味を……わからないままでいたかった。

《九》

どうやらマルクスは、叔父のことが気に入ったらしい。

どこをどうして？　という疑問はあるが、言葉は通じなくてもアルカスのあちらこちらを連れ回っているようだ。

おかげで礼渡は、独り暇《ひま》を持て余《あま》している。

ガイウスは執務《しつむ》があるとセネカと一緒《いっしょ》に宮殿《きゅうでん》内に引き籠《こも》っているし、叔父とマルクスについて行ったところで彼らほどアクティブに動けないことは予想がつく。

なにより、マルクスにしてみれば礼渡は『姫《ひめ》』で『ガイウスの妃《きさき》となる存在』なのだから、ボロを出さないよう気を張り続けて確実に疲《つか》れる。

「暇だ。……時間を持て余したら、ロクなことを考えないし……」

宮殿内にいる限り、護衛という名の監視《かんし》の目は緩《ゆる》い。冷たい水の湧《わ》く池に足を浸《ひた》して、頭上を仰《あお》いだ。

「平和だなぁ。ここに来て……どれくらいだろう。十日……二週間くらいか」

叔父が一緒ということもあり、隙《すき》あらば逃げ出そうという危機感が薄《うす》れていることは否定しない。

衣食住に不安がなく、身の安全が保障されていることもあり、ずいぶんのん気だと自分でも思う。

「世間的には、外国で行方《ゆくえ》不明だ。母さんと父さんは、大ちゃんが一緒だから……ってことで、あんまり心配してなければいいけど。それより、大々的に報道とかされてたらメチャクチャ恥《は》ずかしいなぁ」

日本では、どんな扱いになっているのだろう。大事になっていませんように……と願うばかりだ。

「ガイは、なに考えているんだろ」

礼渡を当然のように寝台《しんだい》に連れ込んでも、なにをするでもなく……ただ、腕《うで》に抱《だ》いて眠《ねむ》るだけだ。

夜毎《よごと》抱き枕《まくら》にされるほうとしては、暑苦しいのだが。

「あの状態で普通《ふつう》に寝《ね》られるおれも、図々《ずうずう》しいか」

外から獣《けもの》らしき咆哮《ほうこう》が聞こえてくると、礼渡を抱くガイウスの腕にわずかに力が込められる。外敵から守られている、と感じることさえある。

「こんなところでのんびりしていたら、日本に帰りたくなくなりそう……だな」

空気はいいし、人工的な機械音も聞こえない。不便なところもあるはずだが、皆《みな》が自然と共生している。

こうして滞在《たいざい》期間が長くなるにつれ、ガイウスが、外国のいいところは取り入れて不要なものは持ち込まない、と言った言葉の意味がわかる。

「あ、小魚……と、亀《かめ》か？　ここの亀って、どんなやつだろ」

縁日《えんにち》で目にする、ミドリガメじゃないよな……と興味を惹《ひ》かれて、池の水面に身を乗り出す。

池の縁《ふち》に手をついたのはいいが、体重をかけた瞬間《しゅんかん》、草の上で手のひらが滑《すべ》った。

「うわっ、ッ！」

マズい、と思った瞬間、派手な水音が上がる。近くにいた衛兵や女官が慌《あわ》てて駆《か》けつけてくるのが目に入り、自力で池から這《は》い上がった。

水位が膝《ひざ》あたりまでしかなかったのが、幸いだ。全身がずぶ濡《ぬ》れになっただけで、どこもなんともない。

水をたっぷりと含《ふく》んだ服は、布の量が多いこともあって重くて堪《たま》らないが、問題があるとすればそれだけだ。

「あ、大丈夫《だいじょうぶ》。怪我《けが》もしてないし、濡れネズミになっただけ」

心配そうに取り囲まれてしまい、両手を振《ふ》って「大丈夫」とアピールする。

最後に駆けつけてきた、年かさの女官が無表情で口を開いた。

「湯浴《ゆあ》みと、着替《きが》えを用意しましょう。……アヤト様、こちらへ。そこのおまえは、ガイウス様に報告を。他《ほか》の者は、持ち場に戻りなさい」

女官が的確な指示を出すと、礼渡を囲んでいた人の輪が一気にばらける。

ガイウスに、報告……されるのか。当然だな。

うっかり池に落ちたなど、どん臭《くさ》くてみっともない……とうな垂れて、浴場へ向かう女官の後に続いた。

石組みの浴場は、露天風呂《ろてんぶろ》に似た雰囲気《ふんいき》なので親しみ深い。

人払《ひとばら》いはしてあるので、悠々《ゆうゆう》と湯に浸《つ》かる。昼日中に、広い露天風呂を独り占《じ》めするなど……贅沢《ぜいたく》だ。

「はー……のぼせる前に出よう」

湯殿《ゆどの》から出て大判の布で身体《からだ》の水気を拭《ぬぐ》っていると、石柱の向こうから人の声が聞こえてきた。

「おいおい、どこに行くんだ。このあたりは、俺が入っちゃマズい場所じゃないのか？　皇帝《こうてい》やセネカに見つかったら、怒《おこ》られる……だけで済めばいいんだが」

これは、日本語……叔父《おじ》の声だ。

それに答えたのは、少年の声でアルカスの言葉だった。

「ダイキは、ここの湯殿を使ったことがないだろう。皇族専用だ。私と一緒であれば、文句は言わせない」

マルクスだ！　と声の正体を察して咄嗟《とっさ》に身体を隠《かく》そうとしたけれど、石柱の陰《かげ》から人影《ひとかげ》が現れるほうが早かった。

ここに礼渡がいると思っていなかったのか、マルクスは驚《おどろ》いた顔で足を止める。

「アヤト！　失礼を、え……？」

慌てた様子で身体を後ろに向けようとして、恐《おそ》る恐る……といったふうに視線を戻《もど》してきた。

マルクスの目に映る礼渡の身体は、明らかに女性のものではないはずだ。いくら子供でも、明確に違《ちが》いがわかるだろう。

「アヤト……姫では、ないのか？　兄上を……皆を騙《だま》していたのかっ？」

驚きから立ち戻ったマルクスに込み上げたものは、憤《いきどお》りらしい。駆け寄ってきたかと思えば、胸元《むなもと》に拳《こぶし》を叩《たた》きつけられてグッと息を詰《つ》める。

「マルクス！　アヤ……っ、どうする？」

様子を見ていた叔父が、緊迫《きんぱく》した声を上げる。マルクスの肩《かた》に手を置いた礼渡は、眉《まゆ》を顰《ひそ》めて言い返した。

「どうする、って……とりあえず、セネカかガイに知らせたほうがいいだろ」

「わかった。捜《さが》してくる」

早口で言い残した叔父が踵《きびす》を返し、あっという間に走り去る。

マルクスと二人だけで取り残された礼渡は、なんとか彼を落ち着かせなければ……と言葉を探した。

「騙していたわけじゃない。ガイは、おれが女じゃないって知ってる」

「嘘《うそ》だっ。姫でなければ、妃候補として傍《そば》に置くわけがない。兄上から、あんなに大事にされているくせに……卑怯者《ひきょうもの》！」

下手《へた》な言い訳など聞く耳を持たない、とばかりに責め立てられる。

ガイウスは騙していないが、その他の民《たみ》を騙しているのは事実だ。マルクスに対しても、欺《あざむ》いていた。

なにも言えなくなり、睨《にら》みつけてくるマルクスの黒い瞳《ひとみ》をジッと見詰め返す。

「今すぐ、アルカスから出て行け！　自ら出て行かないなら……追い出してやる」

マルクスの目……虹彩《こうさい》が、色を変えたように感じて息を呑《の》んだ。

真っ黒だった瞳の瞳孔《どうこう》が、収縮したように見える。金色に近い、不思議な色合いになり……

突如《とつじょ》、腕に嚙《か》みつかれる。

「い……った」

反射的に腕を振って逃《のが》れると、マルクスに嚙まれた部分をチラリと見下ろした。二か所肌《はだ》に刻まれた丸い傷痕《きずあと》から、血が滲《にじ》み……明らかに人間の歯形ではない。

猛獣《もうじゅう》の牙《きば》による、嚙み痕だ。

「ふ……っ、あ……」

突然《とつぜん》、マルクスが床《ゆか》に頽《くずお》れた。驚いて見下ろした先で、尻尾《しっぽ》の毛がザワザワと逆立つように膨《ふく》れ上がっているのが目に映る。

「アヤト！　マルクス！」

「あ……ガイ……」

鋭《するど》い声で名前を呼ばれた礼渡は、こちらに向かって走ってくるガイウスの姿を目に留めた途《と》端《たん》、身体の力が抜《ぬ》けるのを感じた。

自覚していた以上に、緊張《きんちょう》を張り巡《めぐ》らせていたらしい。

「これは、どういうことだ。マルクス……アヤト、傷を……」

マルクスを見下ろしたガイウスにつられて、礼渡も視線を落とす。そこにいるのは、十歳前後の少年……ではなく、成獣になり切っていないサイズの虎《とら》だった。

「その者は、姫《ひめ》のふりをして兄上を騙していたのです。自らの足で出て行かぬなら、嚙み殺してやるまで」

外見は虎なのに、声も口調もマルクスのもので、不思議な気分になる。

マルクスの言葉を聞いたガイウスは、表情を険しくして足元の虎を睨みつけた。

「アヤトの傷は、おまえが？　マルクス、おまえでも……アヤトを傷つけたのは許さぬ」

低い声で口にしたガイウスは、礼渡の腕を摑《つか》んでマルクスの牙の痕に舌を這わせた。血を舐《な》め拭い……瞬《また》く間に巨大《きょだい》な虎へと姿を変える。

まだ幼さの残るマルクスとは比べ物にならない、堂々たる猛獣の姿だ。力の差は、一目瞭然《いちもくりょうぜん》だった。

「ガイ！　どうする気っ？」

「おや……不穏《ふおん》な空気が漂《ただよ》っているかと思えば、こんなところで……その姿で、帝位《ていい》をかけての直接対決ですか」

「セネカ！　のん気なことを言っていないで、止めろよ！　どっちか……マルクスが、怪我をする」

場にそぐわないのんびりとしたセネカの声に、勢いよく振り向いた。セネカと、その背後に叔父の姿が見える。

少し離《はな》れたところで足を止めている叔父は、言葉もない様子で、対峙《たいじ》する二頭の虎を見詰めていた。

「私が割って入って……止められますかね。ガイウスは理性を失っている。理由は……」

チラリと、セネカの視線が礼渡の腕《うで》に流れてくる。手首まで伝い落ちている礼渡の血が原因だ……と、緑の瞳が語っていた。

セネカが止められないのなら、そうすることができるのは自分しかいないだろう。

顔を突《つ》き合わせて唸《うな》り合う二頭の虎にコクンと喉《のど》を鳴らし、生身の人間が彼らを止めることなどできるのか？　と弱腰《よわごし》になる。

でも、小柄《こがら》なほうの虎……マルクスの耳が、後ろに倒《たお》れて怯《おび》えを表していると見て取った瞬《しゅん》間《かん》、礼渡は躊躇《ためら》いを薙《な》ぎ払《はら》った。

「ガイ！　落ち着けよっ。ただの擦《す》り傷だ。こんなことで、マルクスと……大事な弟と争ったら、ダメだ」

「………」

オレンジ色の巨大な虎、ガイウスの首あたりにギュッと抱《だ》きついて「落ち着いてくれ」と懇《こん》願《がん》する。

抱き締《し》めた虎の身体から、燃え立つような闘志《とうし》が伝わってくる。心臓が激しく脈打ち、ハッハッと浅い呼吸を繰《く》り返していた。

ガイウスは、ピクリとも動かない。マルクスも……飛びかかってくるでもなく、逃《に》げ出したようでもない。

どれくらい時間が経《た》ったのか……抱きついた虎が、わずかに身動《みじろ》ぎをした。

「アヤト。離れろ。その気が失《う》せた」

「ガイ……本当に？」

ゆっくりと腕の力を抜き、金色の虎の瞳を見詰める。ザラリとした舌で頬《ほお》を舐められて、

「イテテ」と首を竦《すく》ませた。よかった。先ほどまでの闘志を、もう感じない。手の下に感じるガイウスの身体からも、筋肉の張りが解けている。

「アヤト。傷の手当てを。マルクスは……」

セネカの声が聞こえたと同時に背後から服を着せかけられて、自分がとんでもない格好だったことを思い出す。

肌を隠したところで、今更《いまさら》だと思うけれど……ガイウスが満足そうに鼻を鳴らしたので、セネカの行動は正解だったらしい。

「マルクスには、落ち着くまで俺がついてるよ。言葉は通じないが、友達だ。ずっとこの姿じゃなくて、そのうち人間に戻るんだよな？」

ゆっくりと近づいてきた叔父《おじ》が、そっとマルクスの頭に手を乗せる。マルクスは嫌《いや》がる様子もなく、その場に身を伏《ふ》せた。

叔父の言葉を礼渡が中継《ちゅうけい》すると、ガイウスは「頼《たの》んだ。説教は後日だ」と唸るように口にして、礼渡が羽織っている布の裾《すそ》を銜《くわ》えて引っ張る。

「俺の寝所《しんじょ》へ。舐めた血は、わずかだ。すぐに人の姿に戻る」

「う、うん」

ガイウスに促《うなが》されるまま、石の廊下《ろうか》を踏《ふ》みしめて浴場を後にする。

石柱の陰《かげ》に隠れる寸前、チラリと一度だけ振《ふ》り返ると、こちらを見ていたらしいマルクスが顔を背《そむ》けたのが見えた。

嚙みついたのは、礼渡に対する敵意が理由というよりもガイウスを慮《おもんぱか》ってのことだった。

礼渡が男だと知っているガイウスはともかく、他《ほか》の人たちを騙しているのは事実なのだから、あの反応は尤《もっと》もで……腕は鈍《にぶ》い痛みを訴《うった》えているけれど、怒《おこ》れない。

「ああ、セネカには、知られちゃったか……」

裸体《らたい》を見られたので、セネカにも知られてしまった。ただ、驚《おどろ》いている様子はなかったので、もしかしたら彼もわかっていたのかもしれない。

「アヤト？　痛むか」

「ううん。ほとんど痛くないし、血も止まった。治りかけ、って感じだ。ガイが舐めたから……かな」

見上げてきたガイウスに答えると、右腕《みぎうで》の肘《ひじ》あたりを改めて見てみる。

実際に、傷が小さくなっていた。鋭い牙が食い込んだ痕というより、植物の棘《とげ》で突いたくらいのかすかな痕跡《こんせき》だ。

以前、寝台から落ちた擦り傷を舐められた時も、やけに治りが早かった。これは、ガイウスの唾液《だえき》になんらかの治癒《ちゆ》作用があるとしか思えない。

足元に絡《から》みついてくる長い尻尾に、

「危ないよ」

と苦笑《くしよう》しながら、ガイウスの私室を目指す。庭を回り込んだからか、誰《だれ》にも見咎《みとが》められることなく辿《たど》りつけたのは幸いだった。

□□□

すぐ人に戻《もど》るという言葉のとおりに、ガイウスの私室へ入って五分も経たないうちに変化が訪《おとず》れた。

「ふ……う」

虎から人の姿に戻って緩《ゆる》く頭を振ったガイウスは、夜のみ使用する簡素な服に袖《そで》を通して、即座《そくざ》に礼渡の腕を摑んでくる。

言葉もなく険しい顔で傷を睨《にら》んでいたかと思えば、

「マルクスめ。アヤトに傷を」

そう、忌々《いまいま》しげにつぶやく。

人間の目で改めて傷の状態を確かめたかったのか、「深いものではないな」とホッとしたように息をついて、眉間《みけん》の皺《しわ》を解いた。

「マルクスを、あんまり怒らないでよ。彼にしてみれば、ガイが大事なだけなんだ」

「……俺は、アヤトが大事だ」

思わず漏《も》れた、といった調子でスルリと告げられた台詞《せりふ》に、じわじわと顔が熱くなる。

顔を上げたガイウスと目が合いそうになり、慌《あわ》てて足元に視線を逃がした。

これは、なんだろう。心臓がドクドク……激しく脈打っている。喉が詰《つ》まったみたいに、息苦しい。

「ご、ごめん、マルクスに男だって知られちゃった」

「ああ……仕方がないな」

「そんなにあっさり、仕方ないって言えること？　おれは、姫《ひめ》じゃないといけなかったんじゃないのか？」

目を合わせられないまま、ガイウスが着ている服の袖口《そでぐち》をギュッと摑《つか》んだ。

自分の不手際《ふてぎわ》で、マルクスに知られてしまった。しかも、危《あや》うく兄弟で対決させるところだった。

無用の諍《いさか》いを引き起こしそうになった申し訳なさに、身を小さくして「ごめん」とつぶやく。

「おまえが謝る必要はない。俺の勝手に巻き込もうとして……傷を負わせた。謝罪は、俺がするべきだな。……申し訳ない」

ガイウスが口にした謝罪を、忙《せわ》しなく頭《かぶり》を振って拒《こば》む。

ガイウスは、それほど簡単に礼渡になど謝ってはいけない立場の人間だ。

「謝罪なんて、いらない。それより、勝手ってなに？　ガイウス……とセネカがなにをしようとしていたのか、おれは聞く権利があるよね」

意を決した礼渡は、ガイウスと真っ直《す》ぐ視線を合わせて説明を迫《せま》る。

逃がさないからな、という意思が目に浮《う》かんでいたのか、ガイウスは諦《あきら》めたように肩《かた》で息をした。

「……わかった。話そう。初めから俺は、長く帝位《ていい》に就《つ》くつもりではなかった。先代が死去した三年前は、マルクスが幼く……せめて成人するまでは俺が任を負うことにして、暫定《ざんてい》的に即《そく》位《い》した。時が満ちれば、マルクスに帝位を譲《ゆず》る心づもりだ。アルカスを出て、二度と戻らない。このことを承知しているのは、出奔《しゅっぽん》の手助けを約束しているセネカのみだが」

「……なんで？」

「帝位を投げ出して弟に押しつける、勝手な男だと思うか？　ここでは……古《いにしえ》の権威《けんい》が重要だ。皇帝の象徴《しょうちょう》ともなる虎《とら》の姿は、絶対。虎へと変化する皇帝を崇拝《すうはい》することで、平和と秩序《ちつじょ》が保たれている」

　ガイウスの語ることは、日本で生まれ育った礼渡にはわかるようでいてわからない。でも、アルカスという土地で日々を過ごしているあいだに、おぼろげながら理解できるようになったと思う。

　皇帝の証《あかし》、高貴な血を体現するかのように……虎に身を変えることは必要なのだ。

「譲位《じょうい》をすんなりと行うため、正妃《せいひ》を娶《めと》るつもりも跡継《あとつ》ぎを残すつもりもなかった。混血の、不適格な皇族は、俺で終わりにしたい。虎に変わることのできない皇帝が退位し、アルカスの血が濃《こ》いマルクスが新皇帝となるのであれば、反対する者もいないだろう。ただ……まだ、早い。マルクスは幼すぎる。それがわからず、俺を引きずり下ろそうとする一部の愚《おろ》か者どもを牽制《けんせい》するのに、アヤトは絶好の存在だった」

「男なら……跡継ぎはできないしね。ここからいなくなっても、国に帰ったって言えばいい。皇帝の実を食べて平気なんだから、傍《そば》に置くことに説得力はあるし……思いがけず、利用価値があった」

　ガイウスの言葉を継《つ》いで、礼渡の思いついたことをポツポツ口にすると、ガイウスは苦い声で「ああ」と相槌《あいづち》を打つ。

「おまえの体液で、俺が虎姿を得たのは……予想外だったが。他の者に知られれば、絶対にここから帰すなと監禁下《かんきんか》へと置かれるだろう。それは、俺の本意ではない。おまえのことは……初めから、いずれ国に帰そうと思っていたからな。今が、そのいずれなのかもしれない。明日《あした》の朝、陽《ひ》が昇《のぼ》れば護衛をつけて送り出そう」

「……自分の傍に置いていたら、好きな時に虎に変われるのに？」

礼渡の血で虎に変化できると知った時、そういう利用の仕方も思い浮かんだはずだ。

少なくとも、良くも悪くも知恵《ちえ》の回りそうなセネカは、そのように進言したのではないだろうか。

唇《くちびる》に苦笑を浮かべたガイウスは、「いや」と首を横に振った。

「おまえを犠牲《ぎせい》にしてまで、しがみつく地位ではない。俺がアルカスを出たとしても、セネカがマルクスを支えるだろう。あいつが厭《あ》きるまでは、だが……まぁ、マルクスもいつまでも幼くはない。皇帝としての資質に関しては、疑っていないからな」

静かにマルクスの資質を語るガイウスは、自分のことに関しては諦めきっている。

以前にも感じたことだが……すべてにおいて達観したようなガイウスに対して、カーッと頭に血が上るのを感じた。

「そうやって、おれのことも最初っから諦めていたんだ。大事にすることを誓《ちか》うとか、おれ以外に側室は持たないとか……いろいろ、言ったくせに」

「アヤト？」

自分がなにに憤《いきどお》っているのか、頭が混乱してわからなくなってくる。

思うままに言葉を投げつけた礼渡に、ガイウスは不思議そうな顔で名前を呼んできた。

「おれ……は、もう用無しってこと？　マルクスに知られて、兄弟喧嘩《きょうだいげんか》の種になりそうで……さっさと出て行け、って？」

「何故《なぜ》、そうなる！」

苛立《いらだ》ちを帯びた硬《かた》い声で言いながら、肩を摑まれた。食い込む指の力が強く、「痛い」と顔を顰《しか》める。

「っ……悪い。そうではない。血を流すおまえを見て……ここに留め置いてはいけないと決意した。アルカスのことに巻き込んではいけない。初めは、おまえが言うようにただ利用しようと思っていたのだが……もうできない」

「どうして？」

「……アヤトを、一人の人間として愛したからな。アルカスや俺の思惑《おもわく》に巻き込むのではなく、おまえのいいようにしてやりたい。国に……帰りたいのだろう」

国に……日本に？　帰りたいに決まっている。

でも、眉間に深い縦皺を刻んで、いつもの威風堂々《いふうどうどう》とした姿とは別人のように自信なさそうに語るガイウスを見ていると、なんとも形容し難《がた》い感情が湧《わ》いてくる。

白桃《はくとう》に似た実のように甘く……皇帝の実のように酸《す》っぱく、苦いのに……嫌《いや》な感じはしない。

この想《おも》いにどんな名前をつければいいのかわからないけれど、目の前にいるガイウスを独りにできない。

「ガイ」

小さく名前を呼びかけると、ピクッと眉《まゆ》が震《ふる》える。礼渡と目を合わせようとしないガイウスに手を伸《の》ばし、眉間の皺を指先で突《つ》いた。

「愛の告白って、眉間に皺を寄せてするものじゃないだろ。目を、合わせろって」

「アヤト……」

困惑《こんわく》気味に名前をつぶやいたけれど、礼渡の言葉に素直《すなお》に従うあたりはなんとも可愛《かわい》い。

十九歳に見えないほど、ふてぶてしくて……叔父《おじ》曰《いわ》く、落ち着き払《はら》って老《ふ》けているくせに、こんなふうに頼《たよ》りない顔を覗《のぞ》かせるのは反則だ。

自分よりずっと図体《ずうたい》の大きな男なのに、可愛くて……愛《いと》しくて、離《はな》れたくなくなってしまう。

「愛してる。……忘れてくれ」

「なんで、忘れろ？」

愛している、という言葉に続けるにはあまりにもそぐわない一言だ。

礼渡は眉を顰めて、どういう意味だと疑問を投げつける。

「おまえは、明日にはアルカスを出るんだ。俺の言葉も、アルカスでのことも……全部、置いて行け」

「そうやって、また諦めようとするんだ。おれがガイをどう思っているのか、聞こうともしないで」

悔《くや》しさに唇を噛《か》む。

礼渡はガイウスに何度も怒《おこ》ったのに、全然伝わっていなかったということか。

それとも、ガイウスにとって礼渡は、がむしゃらに求めるほどの存在ではない……というだけだろうか。

消沈《しょうちん》して顔を背《そむ》けようとしたところで、ガイウスの手が礼渡の頭を挟《はさ》み込んだ。目を逸《そ》らせないようにして、金色の瞳《ひとみ》で食い入るように見据《みす》えてくる。

「おまえの答えが、俺に都合のいいものなら……国に帰すという前言を撤回《てっかい》することになるからな。どれほど嫌がっても、二度と離さない。アルカスを出たとしても、追って……骨の髄《ずい》まで俺のものにする」

諦めてなどいない。礼渡を追い詰《つ》めないように、自制していただけだと……その目が語っている。

ゾクゾクと背筋を這《は》い上がったのは、食い尽《つ》くされそうに執着《しゅうちゃく》される恐怖《きょうふ》からの悪寒《おかん》ではなく……純粋《じゅんすい》な歓喜《かんき》だった。

礼渡こそ、もう認めなければならない。

もどかしさや、苛立ちや、甘いものを含《ふく》む苦しさ……愛おしさも。ガイウスに対する感情の源が、一つの理由に集約されるのだと……。

「好きだよ、ガイウス。猛獣《もうじゅう》の虎の姿でも、綺麗《きれい》だった。このままガイの傍にいて……日本に帰れなくてもいい」

「アヤト……アヤト！」

他《ほか》の言葉を知らないように、名前を繰《く》り返しながら両腕《りょううで》の中に抱《だ》き締《し》められる。必死で縋《すが》りついてくるような腕の力強さは、心地《ここち》よくて逃《に》げられない。

背中に手を回してピッタリ密着すると、ガイウスの激しい鼓動《こどう》が伝わってくる。

それとも、この激しい心臓の脈動は、礼渡のものだろうか。

二人の境が、あやふやになる……。

「食っても、いいよ」

ガイウスの背中を手のひらでそっと撫《な》でると、大きく息をついて礼渡の身体《からだ》を抱き上げた。

寝台《しんだい》に身を横たえさせられ、伸《の》し掛《か》かってくるガイウスを見上げた礼渡は、言葉の選択《せんたく》を誤ったことに気がつく。

食っていい、ではない。礼渡が……食われたいのだ。

思い知らされた自分の欲深さに、自嘲《じちょう》の笑《え》みを浮《う》かべかけてキュッと唇を引き結ぶ。

ダメだ。今、ガイウスに見せるのはそんな顔ではない。好きだ……と、愛しいと伝えるものでなければならない。

「ガイ」

唇に仄《ほの》かな笑みを浮かべた礼渡は、両手を差し伸べてガイウスを求めた。

「そういえば、マルクスが虎《とら》に変化したのって……おれの腕を噛んだせい？　血を舐《な》めたからかな」

ガイウスは、例の実で造った果実酒ではなく礼渡の血で変化したのだから、皇族の血統であるマルクスにも同じ現象が起きたのは不思議ではない。

「たぶん、そうだな。マルクスがおまえに噛みついて傷を負わせたなど、思い出すだけで腹立たしいが」

マルクスは、虎に姿を変えたガイウスが凄《すご》んだことですっかり気落ちしていたようだが、大人げなく根に持っているらしい。

礼渡はガイウスの髪《かみ》に触《ふ》れ、「もういいよ」と苦笑《くしょう》を浮かべた。

「怒ってくれて、ありがと。マルクスは、大切な弟なのに……」

まだ、お礼を言っていなかった。

そう思い出して、ガイウスの頭を引き寄せる。唇《くちびる》を触れ合わせると、当然のように口腔《こうこう》へと舌を潜《もぐ》り込ませてきた。

「んっ……、ガ……イ。ぁ……はっ」

今まで身に受けたガイウスのキスは、吐息《といき》まで奪《うば》うかのように激しいものだった。でも今は、ゆったりとした口づけだ。

気持ちいい……と思った途端《とたん》、それは訪《おとず》れた。ガイウスの頭を抱き寄せている指を、髪とは違《ちが》う毛の感触《かんしょく》がくすぐる。

「ぁ、ガイ、耳……が」

「相変わらず、おまえの体液はなにもかも甘い」

この様子だと、たぶん尻尾《しっぽ》も出ている。

まだ日の暮れ切っていない時間だ。室内に差し込む陽《ひ》の光はだいぶん弱くなっているが、ガイウスの背後で揺《ゆ》らめく長い尻尾は目にすることができた。

眩《まばゆ》い太陽の下で見ても、仄かなランプの光に照らされていても、そして薄暮《はくぼ》の中でも……優美な模様と動きだ。

そんな礼渡の心の声を読んだかのように、ガイウスが口を開いた。

「初めて目にした時から、思っていたのだが……アヤトは綺麗だな」

服を剝《は》ぎ取られながらのそんな台詞《せりふ》は、なんとも形容し難い気分にさせられる。羞恥《しゅうち》とも少し違っていて、畏《おそ》れ多い……とでもいうべきか。

「なに言ってんだよ。綺麗っていうのは、ガイウスとかセネカみたいな人のことだろ」

礼渡を脱《ぬ》がせたガイウスは、膝立《ひざだ》ちになって急《せ》いた仕草で自身が着ている服を脱ぎ捨てている。

張り詰めた筋肉に覆《おお》われた、均整の取れた身体を見上げる。感嘆《かんたん》の息を吐《つ》くと同時に、同性として羨望《せんぼう》と嫉妬《しっと》を感じずにいられない。

「互《たが》いに美しいと称賛《しょうさん》し合っていればいいか」

ふっと笑ったガイウスは、肌《はだ》の感触を確かめるように礼渡の胸元《むなもと》に置いた右手を滑《すべ》らせる。

誰《だれ》かにそんな触れられ方をしたことなどなく、くすぐったさに首を竦《すく》めた。

「滑《なめ》らかな肌だ。もう少し、肉付きをよくしたほうがいいとは思うが」

そう言いながら肋骨《ろっこつ》を指の腹で辿《たど》るのに、ビクッと寝台から背中を跳《は》ね上げさせた。

ざわざわ……肌が落ち着かない。これは、くすぐったいと表現する感覚だけではない。

「それ、初対面でも言われ……った」

「そうだったか？　抱き潰《つぶ》しそうで、怖《こわ》いな」

「平気。おれ……そんなに弱くないよ。ガイの好きなようにしても、大丈夫《だいじょうぶ》だから」

遠慮《えんりょ》なんかするな、と。胸元で動きを止めている、大きな手を摑《つか》む。

あまりにも大切そうに、壊《こわ》れ物を扱《あつか》うような触《さわ》り方をされると、恥《は》ずかしくて堪《たま》らなくなる。

「ガイと、同じだ。……ほら」

恥ずかしさに耐《た》えて、ガイウスの右手を摑んだ自分の左手を下腹部に誘導《ゆうどう》した。同じ性を持っている証拠《しょうこ》を、そうして知らせる。

ガイウスは、躊躇《ためら》う様子もなくわずかに熱を帯びた屹立《きつりつ》に指を絡《から》ませ、クスリといたずらっぽい笑みを浮かべた。

「同じ……と言えないこともないか」

「な……っ、ぁ……！」

それは、サイズの違いを指しているのか！　と言い返そうとした言葉が、喉《のど》の途中《とちゅう》で詰まった。

礼渡の苦情を封《ふう》じるためか、ガイウスは屹立に触れている指にそっと力を入れて、更《さら》に熱を煽《あお》り立てようとしている。

ガイウスのいいように操《あやつ》られるみたいで悔しいのに、礼渡の意思を無視してどんどん熱が集まり……巨大《きょだい》な塊《かたまり》になる。

「あ、ぁ……ゃ、あんまり触んな……っ」

「なぜだ？　悪くはないだろう」

「ない、から……っだよ！　おれも、ガイに触りたい」

熱っぽい吐息をつきながら、ガイウスに手を伸《の》ばす。

張り詰めた腹筋を撫で、その下に指を滑らせると、頭上のガイウスが息を詰めるのがわかった。

「ガイも、熱い」

「アヤトのせいだ。呆気《あっけ》なく熱を煽られる。俺から冷静さを奪うのは、おまえだけだ」

「ん……」

唇を重ねられ、熱い舌を絡みつかせる。

自分だけでなく、ガイウスも理性を揺さ振《ぶ》られて戸惑《とまど》っているのだと知り、必死で繋《つな》ぎ止めていた意地を手放した。

「あっ！　も……ダメ、だ。ガイ……それ以上、触ったら……」

「我慢《がまん》せず吐精すればいい」

「おれだけ、は……嫌《いや》なんだ、って！」

ガイウスの手を引き離《はな》して、ゼイゼイと肩《かた》で息をつく。

制止されて不機嫌《ふきげん》そうなガイウスは、目元にかかる前髪《まえがみ》を掻《か》き上げると、鋭《するど》い目で礼渡を見下ろしてきた。

「本当に食《く》らい尽くすぞ」

「望むところだ」

挑発《ちょうはつ》する仕草だとわかっていて、膝を立ててガイウスの腰《こし》を挟《はさ》み込む。両手を伸ばして頭を引き寄せ、虎模様の耳を甘噛《あまが》みした。

「残さず食えよ」

「っ……その言葉、忘れるな」

ビクッと身体を震《ふる》わせたガイウスは、礼渡の膝を摑んで左右に割り開く。

押しつけられた熱塊《ねっかい》の圧倒《あっとう》的な存在感に、深く息をついて目を閉じた。

与《あた》えられるものは、ガイウスの熱情だ。ひとつ残らず受け入れてやる、と下肢《かし》の力を抜《ぬ》く。

「あ……ッ」

「アヤト……っ」

熱い、と。ガイウスの声が耳に流れ込んでくる。

でもそれは、礼渡の台詞でもある。

熱くて……熱くて、身体《からだ》の内側から熱の塊に炙《あぶ》られているみたいだ。

苦しい。未知の苦痛は、怖い。なのに……やめろと、突《つ》き放せない。

「ふ……、ぅ」

「アヤト……アヤト、あや……と」

子供のようにたどたどしく、繰《く》り返し名前を呼ばれる。

こんな可愛《かわい》く縋《すが》りつかれたら、拒《こば》めなくても仕方ないよな……と、虎柄《とらがら》の耳が存在を主張する頭を抱《だ》き寄せた。

熱の渦《うず》に巻き込まれ、グルグル振り回されて……頭の中が白く霞《かす》む。理性も思考力も、なにもかもガイウスの熱によって、ドロドロに融《と》かされる。

「ッ、アヤ……ト、も……う」

「や、嫌だっ」

身体を離そうとしたガイウスの腕《うで》を掴み、離れるなと必死で訴《うった》えた。

「だが、アヤト」

かすれた声で名前を呼ばれる。

今まで誰にも呼ばれたことのない声音《こわね》でのそれは、特別な名前みたいで、胸の奥がグッと苦しくなった。

礼渡を見下ろす、熱に浮《う》かされた潤《うる》んだ金色の瞳《ひとみ》が綺麗《きれい》だ。唇の隙間《すきま》から鋭い牙《きば》が覗《のぞ》いているのは、摂取《せっしゅ》した礼渡の体液の量が多い証《あかし》だろう。

「いい、このまま……」

欲情を剝《む》き出しにして本能のまま貪《むさぼ》られても、すべて差し出してやるとガイウスの背中を抱《いだ》く。

でも、その代わりに……。

「ガイも、全部……っ、おれのもの……だ」

我儘《わがまま》に欲しがり、独占欲《どくせんよく》をぶつけてもガイウスは受け止めてくれるとわかっていたから……

抱き寄せた背中に、爪《つめ》を立ててしがみついた。

《十》

「おやおや、やはり……なるようになりましたか」

飄々《ひょうひょう》とした響《ひび》きの声は、セネカ……？

確かめようにも、瞼《まぶた》が重くて目を開けられない。

ぼんやりとした頭で「朝食か」と考えていたけれど、答えたガイウスの声にパッと目を開いた。

「後ろを向け。アヤトの肌を見るな」

「昨日、散々見ましたが……それに、私には大して価値のないものですからねぇ」

「そんなことはどうでもいい。俺が、気に食わないだけだ」

「相変わらず、我儘な」

呆《あき》れた声でそう言ったセネカが言葉を切り、礼渡を見下ろしてくる。目を逸《そ》らすのが遅《おく》れてしまい、バッチリ視線が交差してしまった。

「お目覚めか。よく、丸半日も寝所《しんじょ》に籠《こも》れるものだな」

「やかましい。嫌《いや》みを言いに来たのなら、手に持っているものを置いて出て行け」

「ガイウスとアヤトに嫌みを言うのが目的ではないので、居座らせてもらおう」

返事に窮《きゅう》したガイウスの負けだ。

審判《しんぱん》気分で聞いていた礼渡が、心の中でつぶやいた言葉が伝わったかのように、ガイウスが忌々《いまいま》しげに舌を打つ。

「達者な口だ。アヤト、衣《ころも》を身に着けろ。喉が渇《かわ》いただろう。おまえが気に入りの、果実を搾《しぼ》った蜜《みつ》だ。こちらのほうがいいか。採れたばかりの水瓜《みずうり》だ」

「これまで以上に甘やかしますなぁ」

セネカの茶々は無視することにしたのか、わずかに眉《まゆ》を震わせただけで黙殺《もくさつ》する。

目の前に差し出された、果実の蜜……フレッシュジュースらしきものが注《つ》がれたカップを受け取り、渇いた喉を潤《うるお》した。

桃《もも》とリンゴを混ぜたような、甘酸《あまず》っぱい果汁《かじゅう》だ。カラカラになっていた身体に、染《し》み渡《わた》る。

「腕を通せ。……よし」

ガイウスの手で薄《うす》い布を着つけられ、ウエストのところで緩《ゆる》く帯を結《ゆ》われる。

ニヤニヤ笑いながら見ているセネカと視線が絡み、ぼんやりとしていた頭が現実へと舞《ま》い戻《もど》った。

「ガイ、自分で着られるから」

「済んだぞ」

寝惚《ねぼ》けているあいだに、すっかり世話を焼かれてしまった。恥《は》ずかしい。

寝台の上で胡坐《あぐら》を掻いたガイウスは、脇《わき》に立つセネカを見上げて口を開いた。

「で？　俺とアヤトの目覚めの語らいという楽しみを邪魔《じゃま》するのにやむを得ない、重要な話があるのだろうな」

　意図してそのように繕《つくろ》っているのか、必要以上に尊大な態度だ。セネカは、微笑《びしょう》を浮かべたまま「ええ」とうなずく。

　こちらもやはり、性格に一癖《ひとくせ》も二癖もありそうだ。

「まずは、一つ。マルクスはすっかり落ち着きを取り戻し、見るのも気の毒なほど落ち込んでいる。ダイキが慰《なぐさ》めても、あまり効果がないほどだ。赦《ゆる》されるなら、ガイウスとアヤトに改めて謝罪したいと、涙《なみだ》を浮かべて請《こ》うていましたが」

「……考えておこう。あとは？」

「アヤトとダイキの処遇《しょぐう》だ」

　セネカの一言に、ビクリと肩に力が入る。ガイウスを見遣《みや》ると、ちょうどこちらを向いたところで……目が合った。

「アヤトは、このまま俺の傍《そば》に置く。……と言いたいところだが、そうはいかないな」

「ガイ。おれは、それでもいい。大ちゃんだけ近くの村に送ってくれたら、おれはここに……ガイウスの傍に残る」

　そのつもりで、ガイウスを受け入れたのだ。生半可な決意ではないと伝えたくて、金色の瞳を見詰《みつ》める。

「ここは……アヤトにとっては、生き辛《づら》いだろう。俺が皇帝《こうてい》の地位に居続けるなら擁護《ようご》できるが、数年のうちに皇位から降りてアルカスを出るつもりだ。それまで、皇妃《こうひ》として宮殿《きゅうでん》の奥で匿《かくま》っていてもいいが……おまえの自由を奪《うば》って監禁《かんきん》したいわけではないし、アヤトの性別を隠《かく》し通すのは容易ではないだろう。事実、マルクスに不用意な形で知られたのだ」

ガイウスが語ったのは、礼渡には反論のできない現実問題だった。

宮殿の奥で、最低限の人としか接することなく閉じ籠るなど、性格的に無理だ。百パーセント絶対に男だとバレない、隠し通して見せると言い切ることもできない。

「マルクスに帝位《ていい》を譲《ゆず》れば、すぐにアルカスを出るつもりだ。その足で、アヤトの国に逢《あ》いに行く」

「逢いに……って、どうやって？　マルクスに譲位《じょうい》するっていうのも、簡単じゃないだろ」

「それは……協力者がいるからな。どうにかなるだろう」

礼渡の懸念《けねん》に、ガイウスがそんなふうに答えた直後、呆れたような声でセネカがぼやく。

「……他力本願か」

おかげで『協力者』が誰《だれ》か、聞かずと知れた。

どうするつもりなのだと、ガイウスとセネカを交互《こうご》に見遣る。

礼渡にとってセネカは、未《いま》だに正体不明の存在だ。

当初、執政官《しっせい》と名乗ったわりにガイウスとほぼ対等の関係のようで、風貌《ふうぼう》からしてアルカスの人間ではない。

いろんなものを見透《みす》かしているのでは、と感じることも多々あり……得体が知れない不気味さを感じる。

「セネカは、正確には人とは少し違《ちが》う存在だからな。俺が初めて逢ったのは、十年前……密林の中だった。従者が射った矢が、白い梟《ふくろう》を貫《つらぬ》いた。あまりにも美しく、子供だった俺はコッソリと逃《に》がしたのだ。珍《めずら》しいものを……と父には叱《しか》られたが、その晩、寝所の俺を梟が訪ねてきた」

思わず見遣ったガイウスの顔は、真面目《まじめ》そのものだ。冗談《じょうだん》や、作り話を語っている雰囲気《ふんいき》ではない。

戸惑《とまど》う礼渡をよそに、続いてセネカがガイウスの話を補完した。

「私は、齢《よわい》千年の呪術師《じゅじゅつし》だ。人の作った矢など効かぬ。自力でも逃《のが》れられたのだが、恩は恩。人の子に借りを作るのは不本意だ。あとは……長い眠《ねむ》りから覚めたばかりで退屈《たいくつ》していたので、よき暇潰《ひまつぶ》しになるかと思ってな。成長するガイウスの傍に添《そ》うのは、悪くなかったぞ。マルクスに帝位を譲る心づもりなのは知っていたから、国を捨てる際に手助けすることで恩を返そうと思っていたのだが……」

やはり礼渡にとって、映画か小説の中の出来事のように信じ難《がた》いものだ。

でも、虎《とら》に変化する皇帝という非常識が目の前にいるのだから、そんなことあり得ないと笑えない。

なにも言えない礼渡をチラリと見たガイウスは、思いもよらないことを言い出す。

「セネカ、アヤトとダイキを、リーヴルの村……いや、キルギスの首都に送り届けてくれ。それで十年前の清算としよう」

「ダメだ！」

それまで静観していた礼渡だが、反射的に声を上げてしまった。セネカの正体については半信半疑なのに、黙《だま》っていられなかったのだ。

「大事なカードは、ガイのために使わなきゃ」

自分たちのために、十年も温存していたカードを切ってはいけない。

そう訴《うった》えると、ガイウスは微笑を浮《う》かべて礼渡の髪《かみ》を撫《な》で回した。

「俺のためだ。アヤトの笑顔《えがお》を見たい。俺は、自力でなんとかする。それくらいの知恵《ちえ》と力は備えているつもりだ」

「でも……」

ありがとう、と笑えそうにない。

なにより、心が通じ合った翌朝に別れるための話し合いをしているのだと思えば、胸の奥が寂寥感《せきりょう》でいっぱいになる。

「ガイ……おれ、宮殿に幽閉《ゆうへい》されてもいい」

「アヤト、俺を困らせるな」

礼渡は本気だったのに、そんなふうに咎《とが》められてしまうともうなにも言えない。ガイウスを困らせたいわけではないのだ。

シン……と沈黙《ちんもく》が漂《ただよ》い、室内の空気がなんとなく重くなる。

「兄上は、兄上の思うようになされればいい。アヤトと共に生きたいのでしたら、アヤトの国についていってしまえばよいのです」

澱《よど》んだ沈黙を打ち破ったのは、ハキハキとした少年の声だった。出入り口の布を掻《か》き分け、声の主が姿を現す。

「……マルクス、立ち聞きしていたな」

ガイウスが渋《しぶ》い顔で咎めても、悪いと思っているのか否《いな》か疑わしい調子で「不可抗力《ふかこうりょく》です」と答える。

惚《とぼ》ける顔は、凛々《りり》しい。

「受け入れていただけなくても、謝罪をしたくて……こちらを訪ねたのですが、お話し中でしたのでお邪魔するタイミングを計りかねていました」

「それを立ち聞きというのだ。どこから聞いていた？」

「きっと、ほとんど最初から……。兄上、私を子供扱《あつか》いなさらないでください。兄上の跡《あと》を継《つ》いで、立派に国を治めてみせます。私のことはお気になさらず、ご自身の幸せのみを考えてください」

迷いの欠片《かけら》もなくスラスラと口にするマルクスは、本人が胸を張った通り『子供』の様相ではない。

半分くらいの歳なのに、自分より余程《よほど》しっかりしている……と、複雑な思いで虎柄《とらがら》の耳を凝視《ぎょうし》する。

「だが、おまえを傀儡《かいらい》にしようとする不穏《ふおん》な輩《やから》もいるのだ。志は立派だが、実際のおまえはまだ力不足で……」

どうにか、マルクスの決意を折ろうとしているらしいガイウスの言葉を遮《さえぎ》ったのは、セネカだった。

「それに関しては、私がマルクスをフォローしましょう。異分子だったアヤトの存在を面白《おもしろ》がり、ガイウスを唆《そそのか》した責任を取る。アヤト、アルカスの言葉を解するように細工したのは否定しないが、皇帝の実や秘酒には一切《いっさい》の手を加えていない。おまえとガイウスは、皇帝の実が結んだ運命だったのだろう」

皇帝の実が結んだ、運命？

礼渡は、無言でガイウスと顔を見合わせる。ガイウスも、不思議そうな面持ちで礼渡を見詰め返してきた。

金色の瞳《ひとみ》が、真っ直《す》ぐに礼渡を見ている。……綺麗《きれい》だ。

「ガイウス。ここを出る前に、取引だ。珍しい、黄金の虎の尾《お》を私のコレクションに加えたい。新生活の手助けとアルカスでの後始末はしておくから、そいつを寄越《よこ》せ。どうせ、アルカスの外では無用の長物だろう」

「それは……帝位を降りるなら、確かに……不要だが」

あまりの急展開に、ガイウスは戸惑いを隠せないようだ。珍しく言いよどみ、迷いを覗《のぞ》かせている。

混乱しているガイウスをよそに、セネカは畳《たた》みかけるように言葉を続けた。

「では、取引成立でいいな？　マルクスも……決意は変わらぬか」

「当然です」

セネカとマルクスのあいだで、コトを収束させられてしまった。きっと礼渡は、ガイウス以上に困惑《こんわく》の顔をしている。

「あのー……俺も、入っていいですかね」

苦虫《にがむし》を噛《か》み潰《つぶ》したような顔で、そろりと顔を覗かせた叔父《おじ》も……困惑を表している。

礼渡と目が合い、ガイウスが「入れ」と英語で許可すると、礼渡とガイウスが座っている寝《しん》台《だい》に大股《おおまた》で向かってきた。

「マルクスが飛び込んだきり、俺にはわからん言葉でヤイヤイ言ってたが……なにかしら決着したのか？」

「あ、うん。……なんか、マルクスが帝位に就《つ》いて、ガイウスはここを出ることになったみたいだ」

結果を言葉にすると、たったこれだけの内容だ。だが当然、叔父は簡潔な説明に納得《なっとく》することはできなかったらしい。

「は……あ？　今の何十分かで、どうやってそんな話になった？」

怪訝《けげん》な顔で聞き返されて、「うーん？」と唸《うな》る。

どうやって？　それは、礼渡も聞きたいくらいだ。

「説明は……難しい。もうちょっとおれの中で整理して、話す。それより大ちゃん、ガイウスにできそうな仕事って、日本にあるかなぁ」

ガイウスは本気で、礼渡について日本へ渡《わた》る気だろう。

セネカのフォローがどのあたりまでを指すのか不明だが、日本で生活する気なら現実問題として最低限の住処《すみか》と職が必要だ。

ここのように、物々交換《ぶつぶつこうかん》で成り立つ社会ではないし、皇帝《こうてい》の権威《けんい》も皆無《かいむ》だ。現在の礼渡は無職で、十九歳の、ただのガイウスを養える自信は……ない。

「皇帝が？」

「皇帝じゃなくなって、ただのガイウスが」

「うーん……見目麗《みめうるわ》しいから、モデルとかもできそうだな。あとは……何か国語か、しゃべれるんでしたっけ」

最後の一言は、英語でガイウスに尋《たず》ねる。

その問いに、ガイウスは迷わずうなずいた。

「ああ。アルカスの言語だけでなく、英語……ロシア語に、母が話していたフランス語とドイツ語も少々。ただし、読み書きはできん。簡単な会話だけだ」

それでも、礼渡から見れば充分《じゅうぶん》すぎるほど優秀《ゆうしゅう》だ。そのあたりの会話ができるなら、需要《じゅよう》はあるだろう。

叔父も同じことを思ったのか、笑ってうなずく。

「それで充分です。ひとまず、俺のところで雑用……助手をしてもらって、ゆっくりと仕事を探せばいい。パスポートはお持ちです？　なら、アパートかマンションを契約《けいやく》して……俺が保証人になりますから。あれ？　もしかしてビザとか必要かな」

「面倒《めんどう》なことは、私がなんとかする。ガイウスと各地を巡《めぐ》った時も、私が少しだけ細工をした。人の世界の手続きは、面倒だ」

セネカは当然のように語ったが、それは……不法入国というのでは。

礼渡と目を合わせた叔父も、表面上は「はは、便利な技《わざ》を持っているようで」と笑っていながら、頬《ほお》を引き攣《つ》らせている。

そういえば叔父は、セネカの正体を知らないのか。あのやり取りは、アルカスの言葉だった。

そのあたりも、説明するのは……自分だろう。ガイウスには期待できそうにない。

「なんか、いろいろと解決しそうだけど……その先の問題はなくなっていないよね。一個ずつ順番に、整理したい」

怒濤《どとう》のようにアレコレと押し寄せてきたせいで、頭の中の回路が上手《うま》く繋《つな》がっていない気がする。

さほど大きな声での発言ではなかったのに、全員の目が礼渡に集まってくる。

「な、なに？」

戸惑《とまど》ってきょろきょろ視線を泳がせると、叔父の手がポンと肩《かた》に置かれた。

寝台の脇《わき》に立つ叔父を、恐《おそ》る恐る見上げる。

「……全員の話を理解して纏《まと》められるのは、おまえだけだろう。急《せ》かさないから、じっくり間《ま》違《ちが》いのないように頼《たの》む」

叔父は、アルカスの言葉を理解できない。マルクスは、英語を知らない。セネカ……は疑わしいが、ガイウスには日本語が通じない。

確かに、すべてを纏めることができるのは……たぶん、礼渡だけだ。

セネカを窺《うかが》い見たけれど、目が合う前に明後日《あさって》の方向へ視線を逃《に》がされてしまった。

「……夜までかかるかも」

「一日や二日、滞在《たいざい》日数が延びても今更《いまさら》だろ。作戦は、ガッチリ固めておいたほうがいいしな。マルクス、皇帝が亡命を企《くわだ》てているとか……絶対に、他《ほか》の人間に漏《も》らすなよ。ハイ、アヤ、通訳」

早速《さっそく》面倒な役目が回ってきて、大きなため息をつく。

叔父の言葉をストレートにマルクスへ伝えると、「そんな不手際《ふてぎわ》はしません！」と、眦《まなじり》を決して憤《いきどお》る。

これも、礼渡が叔父に伝えるのか……？

うんざりした気分で通訳しかけたところで、ガイウスの腕《うで》が身体《からだ》に巻きついてきた。

セネカはともかく、叔父やマルクスの目があるのに……と焦《あせ》って身を捩《よじ》っても、離《はな》れていかない。

「おまえら全員、出て行け。外……マルクスの離宮《りきゅう》に場所を移して、好きなだけ話し合え。俺とアヤトは、しばし二人だけで過ごす」

実に大人げない言動だが、疲《つか》れ切った今の礼渡にはありがたい。

奇妙《きみょう》な沈黙《ちんもく》が漂《ただよ》い、セネカが叔父とマルクスの背を押して出入り口に誘導《ゆうどう》した。

「これ以上邪魔《じゃま》をしたら、ガイウスが本気で怒《おこ》り出しそうだ。仕方ない、しばらくそっとしておきましょう」

「お邪魔虫は退散ですね」

「なんだ？　アヤと皇帝が……なに？」

「ダイキ、あなたは意外と鈍《にぶ》いですね。マルクスのほうが、機微《きび》に敏《さと》いのでは」

「はあ？　だから……」

言葉はバラバラなのに、微妙に噛み合っていたような……？

最後まで騒々《そうぞう》しく言い合いながら三人が姿を消すと、ようやく静かな空間が戻《もど》ってくる。

礼渡を抱き締《し》めたガイウスは、大きなため息をついて額を触《ふ》れ合わせてきた。

「無粋《ぶすい》な連中だ。おちおち愛も語れない」

「特別語ることも、ないかな……って思うけど」

詩人でもあるまいし、どうする気だ？　愛してると告げられ、礼渡も好きだと返したのだから、充分では。

本気で首を傾《かし》げると、ガイウスはガックリと肩を落としてしまった。

「アヤト……おまえの情緒《じょうちょ》には、少しばかり問題があるぞ」

「なんだよ。ゴチャゴチャ話すより、黙《だま》ってこうしてくっついているほうがホッとする。体温とか、心臓の音とか……伝わってくるし」

ガイウスに身を預けて、目を閉じる。

一度は離れ離れになることを覚悟《かくご》しただけに、気が抜《ぬ》けた。密着するのが心地《ここち》いいから、言葉はいらない。

礼渡を抱き締めたガイウスの腕に、少しだけ力が込められる。

「そうだな。これも……悪くない」

プライドが邪魔をしてか、素直《すなお》に「こっちがいい」と言えないらしい。

少し拗《す》ねたような言葉がなんとなく可愛《かわい》くて、そう言えば年下なんだよなぁ……と唇《くちびる》を綻《ほころ》ばせた。

ポンと頭に手を置かれ、顔を上げてガイウスのキスを受け止める。

目を伏《ふ》せて、舌先を触れ合わせたと同時に、懸念《けねん》が浮《う》かんでしまった。

尻尾《しっぽ》は、セネカが引き取ってくれるらしい。

でも……虎《とら》耳は？

礼渡から見れば可愛いけれど、人目に曝《さら》して歩くのは問題アリだろう。

あとがき

こんにちは、または初めまして。真崎《まさき》ひかると申します。この度《たび》は『虎皇帝の甘蜜花嫁』をお手に取ってくださり、ありがとうございました。

今回の人外は、虎《とら》です。ゴールデンタビータイガー……金色っぽく見えるオレンジの毛の虎は、とても少ないながら実在します。すごく綺《き》麗《れい》な模様で、写真を見ながら惚《ほ》れ惚《ぼ》れしてしまいました。

同じくルビー文庫さんから出していただいている『獅子王の激愛幼妻』と似《に》たようなタイトルですが、内容はまったくの別物です。自他ともに認める暇人《ひまじん》なキャラが、あっちにもこっちにも顔を出していますが、共通点はソレだけです。

二人、手に手を取って逃《とう》避《ひ》行《こう》（？）するようですが、ガイも礼渡も逞《たく》しそうなので、どこででもそれなりに幸せに生きていけるかと思います……。

前作の『獅子王』に続きまして、今回も素《す》敵《てき》なイラストをくださった鈴倉温《すずくらはる》先生。綺麗で格好いいガイと、とっても美人な礼渡をありがとうございました！

そして、またしても恐《おそ》ろしくご迷惑《めいわく》をおかけして、申し訳ございませんでした。学習能力のないバカモノで、本当に恥《は》ずかしい限りです。大変な目に遭《あ》わせてしまったのに、可愛《かわい》くて綺麗なイラストをありがとうございました。

途中までお手を煩《わずら》わせました前担当A様、切羽詰《つ》まった状況で私の面倒を引き継《つ》ぐ羽目になってしまった新担当T様。お二方には、とてつもなくお手数をおかけしました。ありがとうございました。手のかかるダメな大人で、申し訳ございません。もう少しなんとかなるよう、心がけます。

ここまでお目を通してくださり、ありがとうございました。読んでくださった方に、少しでも楽しい時間を過ごしていただけましたら幸いです。

それでは、慌《あわ》ただしく失礼します。また、どこかでお逢《あ》いできますように。

二〇一六年　今年の夏は酷暑《こくしょ》です……　　真崎ひかる

KADOKAWA RUBY BUNKO

虎皇帝《とらこうてい》の甘蜜花嫁《あまみつはなよめ》

真崎《まさき》ひかる

角川ルビー文庫　R172-6　19995

平成28年10月1日　初版発行

発行者――三坂泰二
発　行――株式会社KADOKAWA
〒102-8177　東京都千代田区富士見2-13-3
電話0570-002-301（カスタマーサポート・ナビダイヤル）
受付時間9:00～17:00（土日 祝日 年末年始を除く）
http://www.kadokawa.co.jp/

印刷所――暁印刷　製本所――BBC

装幀者――鈴木洋介

ISBN978-4-04-104851-1　C0193　定価はカバーに明記してあります。

どれだけ待ち侘びたか。ようやく巡り会えた、我が妃――。
不幸の連続で、すべてを失った海琴。老人にもらったライオンのぬいぐるみに涙を落とすと、ぬいぐるみは獅子族の王という美麗な男・リオンへと姿を変え、海琴を恋人の生まれ変わりだと無条件に求愛してきて…!?
ぬいぐるみから現れたのは運命の伴侶だった。
獅子王の激愛幼妻
真崎ひかる
イラスト／鈴倉 温

KADOKAWA RUBY BUNKO